KB188983

우리에게는 적당한 말이 없어

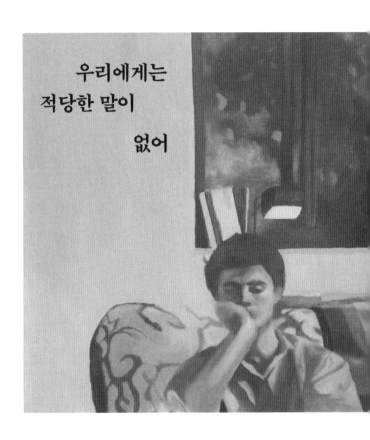

우리에게는
적당한 말이
없어

정선임 김봄 김의경 최정나

해냄

너무 선명해서 다정한, 낯선 곳들

선집을 의미하는 앤솔러지는 '꽃다발'을 이르는 그리스어 '안톨로기아(anthologia)'에서 유래했다. 좋은 글을 한데 모아 책을 내는 일은 꽃을 다발로 묶는 것처럼 각각의 꽃이 지닌 아름다움 그 이상의 조화를 선사하는 일임을 우리는 안다.

여기, 새로운 꽃다발을 엮기 위해 네 명의 작가가 뭉쳤다. 우리는 '나와 이방'이라는 주제를 펼치기 위해 문지방을 넘고 빗장 너머 낯선 땅에 발을 디뎠다. 작가들은 포르투갈 리스본, 인도 벵갈루루, 태국 방콕을 거쳐 사이판까지 경계를 넘는다. 이국의 정취가 물씬 풍기는 '그곳'에서 낯선 얼굴을 목도한다. 그 풍경 속에서 조우한 낯선 타자들의 모습을 한 편의 소설로 직조했다.

작가의 말을 대표로 쓸 자격을 따지자면 끝도 없이 부적격일 텐데, 앤솔러지 기획 단계에서 작가들이 그려낼 풍경에 대한 고민을 다른 작가들보다 먼저 시작했다는 이유로 이 글을 쓰게 되었다. 기왕 이렇게 된 거, 나는 조금 더 낭창하게 소원을 빌어보고 싶어졌다.

나는 이 책이 보다 많은 독자들의 손안에 닿기를 소망한다. 단편소설의 주제가 '나(너, 혹은 그)는 누구인가'를 밝히는 일이라면, 이 책은 충분히 그 질문에 대한 환대와 깊이 있는 탐구로 가득 차 있다고 목소리를 높여 밝히고 싶다.

책을 읽는 내내 당신의 머릿속에는 성당의 종소리가 울려 퍼지는 리스본 거리와 흰 소가 늘어져 누워 있는 벵갈루루 골목이, 송끄란 축제가 한창인 방콕의 하늘과 포말이 일었다 사라지는 사이판 해안가가 선연하게 떠오를 것이다. 너무 선명해서 다정한, 낯선 곳들이.

　정선임, 김의경, 최정나, 그리고 김봄이 그려낸 이국의 풍경들이 한 아름 다발이 되어 당신의 가슴으로 뜀박질해 들어갈 것이다.

2025년 3월
대표 집필, 김봄

차례

해저로월

정선임

정선임

인천에서 태어났다. 2018년 중앙신인문학상 단편소설 부문에 「귓속말」이 당선
되면서 작품 활동을 시작했다. 첫 소설집 『고양이는 사라지지 않는다』로 2022년
대산창작기금을 받았고, 「요카타」로 2023년 제14회 젊은작가상을 수상했다.

다시 보랏빛 자카란다가 피고 있었다. 나는 휴대전화 앨범을 열어 1년 전, 사그라다 파밀리아 성당을 배경으로 찍었던 사진을 찾았다. 셀카였는데 그 순간 바람이 불어왔고 꽃잎이 흩날렸다. SNS에 올리자마자 얼마나 많은 좋아요와 댓글이 달렸던가. 스페인에 막 도착해서 찍은 사진이었다.

지금도 여전히 공사 중인 성당 앞에서 설렘 가득한 표정의 내가 낯설었다. 보라색 나비처럼 나를 환영해 주던 꽃잎들은 이제 그만 돌아가야 한다고 재촉하는 것만 같았다. 얼마 되지 않은 퇴직금은 이미 떨어졌고 집으로 돌아갈 비행기 요금 정도만 남았다. 나는 정말 스페인어를 배우고 싶었던 걸까, 그저 떠나 있고 싶었던 걸까. 어쩌면 SNS에 올릴 색다른 풍경이 필요했던 건지도 모른다.

내가 봤던 영화나 소설 속 주인공들은 실연과 실직을 겪고 훌쩍 외국으로 떠났다. 여행이 끝나갈 무렵에는 극적인 변신에 성공하거나 잃어버린 자아를 찾았다. 행복은 먼 곳에 있지 않다는 결말을 얻고는 집으로 돌아갔지. 순진하게 그런 변화를 기대한 건 아니었다. 그래도 아주 조금이나마 달라지길 바랐다. 이내 일요일이면 나는 복권을 사기 시작했고, 몇 달 전부터는 구직 사이트를 들락거렸다. SNS에서 친구들의 삶을 기웃거리다 초조해졌다. 결국 이곳에서도 다를 바 없었다. 시간 낭비였을까. 한숨을 내쉬며 노란 튤립이 담긴 화분을 안으로 들여놓는데 꽃집 사장 후안이 물었다.

"수정, 결정했어?"

나는 어깨만 으쓱해 보였다. 꽃집 아르바이트는 반년 전부터 시작했다. 본래는 일을 그만두고 그동안 가보지 못했던 스페인 근교를 여행하다 돌아갈 생각이었다. 막상 귀국 날짜가 다가오니 초조해져서 차라리 며칠이라도 더 일하

는 게 나을 것도 같았다. 어차피 돌아가봐야 백수니까. 그
때 휴대전화가 진동했다. 엄마도 아니고, 아빠였다.

"한국에 언제 오냐."

"다음 달에는 들어가야죠."

"고모랑 같이 오렴."

뜬금없는 고모 타령에 나는 당황했다. 고모는 옛 사진과
가족들의 대화에나 등장하는 사람이었다. 서른이 되던 해,
40일 동안 여행을 가겠다고 집을 떠난 후 돌아오지 않았
다는 말이 전설처럼 내려왔다. 내가 다섯 살 때부터 고모
는 계속 여행 중이었다. 나잇값을 하지 못하고 의무를 저
버린 채 자유롭기만 바라는 욕심 많고 이기적인 사람, 온
갖 신을 믿다가 이상한 종교에 빠진 사람, 거기다 도박과
알코올 등 각종 유혹에 취약한 사람. 명절에 친척들이 모
여 제사를 지내고 음식을 먹은 다음 할 말이 없어지면 누
군가가 고모의 이야기를 시작했다. 왜인지 소리를 낮추어
속삭이듯 말했다. 미경이 걔는, 미경이가 글쎄, 미경이만
그렇게, 예전에 미경이가, 그런데 미경이는.

　나는 고모를 딱 한 번 만났다. 분명 그전에도 몇 번은 만
났겠지. 고모는 집안 대소사에 참석하는 일이 드물었고 나

는 너무 어렸다. 그러니까 기억에 남는 만남은 한 번인 셈이다. 내가 열 살 때였다. 할머니의 임종 후, 발인이 끝나고서야 도착한 고모는 며칠 동안 나와 방을 같이 썼다. 할머니 명의로 된 땅과 아파트가 있었다. 밤이면 분배를 둘러싸고 고성이 오고 갔다. 고모는 그 틈에 끼지 않고 내 방에 누워 있었다. 고모는 내가 알던 어른들과 달랐다. 재산을 둘러싼 싸움에도 관심이 없어 보였지만 그리 슬퍼 보이지도 않았다. 잠시 여행 온 사람 같았다.

삼우제를 지내러 선산에 가는 길, 우리는 한차에 거의 구겨지다시피 들어갔다. 고모는 연년생인 남동생보다 덩치가 작은 나를 무릎 위에 앉혔다. 나는 가는 내내 멀미를 하며 졸다 깨다 했다. 고모는 별말을 하지 않았다. 다만 가끔 차창을 내렸다. 그때마다 앞머리가 바람에 살랑거렸다. 운전하던 아빠는 벌레가 들어온다고 창문을 열지 말라고 핀잔을 주었다. 그래도 고모는 몇 번이고 차창을 내렸다가 닫았다. 삼 남매 중 나는 잊히기 쉬운 중간 아이였다. 그래서인지 고모에게 일종의 유대감을 느꼈던 것 같다. 고모는 아직 풀이 나지 않은 봉분을 바라보다 내 귀에 대고 속삭였다.

"답답하겠다. 그치?"

다음 날 새벽 일찍, 고모는 캐리어를 끌고 떠났다. 바퀴가 탈탈거리는 소리를 잠결에 어렴풋이 들었다. 깨어나니 내 오른손에 무언가 쥐어져 있었다. 색이라든가 모양은 잘 기억나질 않는다. 이상하게도 그 감촉만은 남았다. 매끈매끈하고 차갑고 각진 모서리의 느낌 같은 것. 한 면에는 알 수 없는 무늬가 음각되어 있었다. 어른들 몰래—왠지 그래야 할 것 같아서—주머니 속에 넣고 다니며 만지작거렸다. 그러다 어느 순간 사라졌다. 한동안 허전한 마음에 빈 주머니 속을 뒤적였다.

그 뒤로 고모는 다시금 소문으로만 만날 수 있는 존재가 되었다. 5년 전 외국에서 죽었다는 소식이 들려왔다. 대사관의 연락을 받은 아빠는 '외국 어디에선가'라고만 전했다. 당시 감염병 때문에 유해를 운구해 오지 못한다고 말했다. 명절에 모인 친척들은 이로써 완성된 결말에 대해 수군거렸다. 안됐다고 하면서도 고모의 이야기가 나오면 따분해 보이던 그들의 얼굴엔 묘한 생기가 흘렀다.

"결국 객사한 거지."

한동안은 길거리에서 죽은 고모를 떠올렸다. 실직한 뒤,

작은 책방에서 에세이 수업을 들을 때 고모 이야기를 썼다.

　미경이 들어서는 순간, 수정은 방 안의 공기가 달라졌다고 느꼈다. 아마도 바람의 냄새일까. 그 냄새는 미경이 샤워를 해도 사라지지 않았다. 미경은 끌고 온 낡은 캐리어 가방을 방 한구석에 세워뒀다. 짙은 보라색의 하드케이스 가방은 여기저기 부딪쳐서 흠집이 많았다. 그 안에 면세점에서 산 초콜릿이나 화장품 같은 것은 없었다. 여러 가지 색과 모양의 돌멩이, 생수통에 담은 모래, 이가 빠진 조개껍데기, 바짝 마른 식물, 새의 깃털, 거북이의 등딱지, 동그랗게 뭉친 동물의 털 따위가 들어 있었다.

　타클라마칸 사막의 한가운데에서, 난징의 진회강에서, 에콰도르의 에스메랄다 해변에서, 쿠스코 아르마스 광장에서, 프라하성 안에 있는 성 비투스 대성당 앞에서 주웠거나 그곳에 남겨진 것들이라고—남겨진 것들이라는 말을 할 때 미경은 조금 슬퍼 보였다—했다. 수정은 낯선 지명들을 따라 발음했다. 미경은 수정의 어설픈 발음에 웃으며 비닐봉지 안에서 과일 말린 것을 꺼내 입에 쏙 넣어줬다. 떠나던 날, 커다란 여행 가방을 열고 뒤적이던 미경은 수정의 손에 작은 돌을 쥐여주며 말했다. 행운을 가져다줄 거야.

실은 고모에게서는 좋지 않은 냄새가 났다. 오랫동안 머리를 감지 못했다고 했다. 나는 어딘가에서 고모가 멋지게 살고 있을 거라고 썼다. 어디에도 뿌리내리지 않은 보헤미안처럼, 남들과는 다른 예술가처럼. 에세이인지 소설인지 모를 글이었다. 강사와 수강생들은 고개를 끄덕이며 집안마다 '그런 사람'이 한 명씩은 있기 마련이라고 했다. 그들이 각자 알고 있는 '그런 사람'들의 이야기가 한참 동안 이어졌다.

스페인으로 떠난다고 했을 때 아빠는 짐을 싸고 있던 내게 불안한 얼굴로 물었다.

"돌아올 거지?"

고모가 죽었다던 어딘가의 외국이란 곳이 포르투갈이었다는 사실을 알게 된 지금에야 그 표정이 이해가 되었다. 아마도 '너는'이라는 말이 생략됐을 것이다. 다행히 당신 자식 중에는 '그런 사람'이 없다고 생각했는데 어쩌면 한 명 있을지도, 그것이 아마도 너일 수도 있겠다는 복잡한 생각이 스쳐 갔겠지. 고모의 장례는 현지에서 지인들이 치렀다고 했다. 5년간만 매장할 수 있는 묘지여서 육탈이 끝난 유해를 화장한 후에 벽감 묘로 이장한다는 연락이 온 것이다. 이장할 때 가족 대표로 참석해 고모의 유골함과 함께 돌아오라는 얘기였다.

"네가 언어도 되고."

스페인어와 포르투갈어는 유사하지만 다르고, 스페인어가 아직까지도 외계어처럼 들릴 때가 있었다. 아빠에게 일일이 그런 것들을 설명하지는 않았다. 시간 낭비, 돈 낭비라는 말이 뒤따라올 테니.

"귀국할 때 들러서 오렴. 여비는 따로 보내주마."

심부름값을 줄 테니 집에 오는 길에 마트에 들러 소주 한 병 사 오라고 할 때처럼 쉬웠다. 곤궁하게 지내던 터라 여비라는 말이 반가웠다. 끊기 전, 아빠가 덧붙였다.

"이제 돌아오면 너도 제대로 살아야지."

알고 있다. '제대로'의 의미를. 취직하고 승진하고 연애하고 결혼하고 차를 사고 집도 사고 아이를 낳고. 현재 나이에 걸맞은 위치를 획득하면 그다음은? 그것을 지키기 위해서는 끊임없이 벌고 또 사들여야겠지. 서른 직전까지는 언니와 남동생 못지않게 나도 꽤 잘해 왔다고 여겼다. 그러나 한 번 헛디디자 걷잡을 수 없었다. 선로를 이탈해 버린 기차가 된 기분이었다.

"그래도 네가 가장 가깝잖아."

이상하게도 아빠의 그 말이 자꾸 귓가에 맴돌았다. 내가 모르는 사이 나는 고모 가까이로 가고 있었구나. 통화를 마치고 후안에게 일을 그만두는 기념으로 하얀 국화를 얻을 수 있는지 물었다.

세비야에서 출발하는 심야 버스를 타고 리스본 호시우역에 도착한 건 새벽 5시였다. 내내 졸다 깨어 정신이 멍한 가운데 허둥지둥 캐리어를 끌고 내렸다. 한 손에는 후안에게 얻은 하얀 국화 꽃다발을 들고. 비가 추적추적 내리고 있었다. 버스에서 내린 사람들은 빠른 속도로 흩어졌다. 나도 서둘러 광장으로 나가 택시를 잡았다.

아빠가 문자로 보내준 주소에는 '여덟 번째 언덕 위 가이보타 리버 게스트하우스, 클라라를 찾을 것'이라고 적혀 있었다. 리스본은 일곱 개의 언덕으로 이루어진 도시였다. 여덟 번째 언덕이라는 게 과연 있나. 구글에 검색해도 잡히지 않았고 SNS 계정도 없었다. 택시 기사도 주소를 보고 고개를 갸우뚱거리더니 누군가와 통화를 했다.

"아, 거기구나, 거기."

그러고는 왠지 나를 힐긋힐긋 바라봤다. 어스름한 광장을 지나고 좁은 골목을 지나자 또다시 넓은 광장이 나타났다. 운행을 시작한 노란 트램이 선로 위에서 느릿느릿 움직이고 있었다. 택시는 어느덧 스페인과 포르투갈의 국경을 넘어 흐르는 테주강을 따라 달렸다. 강을 가로지르는 커다란 다리 근방에서 택시는 멈췄다. 기사는 여기서부터는 차가 들어가지 못한다며 오르막길을 가리키고는 끝까지 올라가라고 했다. 동이 트고 있었지만, 흐린 날씨라서 주변은 어두컴컴했다. 그나마 빗줄기가 약해져 다행이었다.

캐리어를 끌고 올라가기 시작했다. 길에 다니는 사람은 아직 보이지 않았고 허름한 집들이 드문드문 이어졌다. 울퉁불퉁한 돌바닥에 캐리어 바퀴 부딪치는 소리가 크게 났다. 그러다 흙길이 나타났다. 좁은 길 양옆에 늘어 서 있는 키 큰 나무들 사이로 관목과 수풀이 우거져 있었다. 풀벌레 소리와 물이 흘러가는 소리만이 들려 되돌아가야 하나 불안해질 무렵, 입간판이 눈에 들어왔다.

Colina Milagrosa.

기적의 언덕. 검붉은색 바탕에 흰색으로 적힌 글자가 어둠 속에서 선명하게 떠올라 도전적으로 보였다. 입간판 너머로 2층짜리 회색 건물이 보였고, 연한 하늘색 간판에는 갈매기가 그려져 있었다. 크리스마스 때나 쓸 법한 알록달록한 전구들로 창문을 장식해 놨는데, 이를 빼면 다소 삭막한 외관이었다. 서둘러 포치로 들어가 비를 피했다. 젖은 옷매무새를 정리하며 주위를 둘러봤다. 석조 난간으로 둘러싸인 널찍한 포치에는 정사각형 나무 테이블이 서너 개 정도 놓여 있었다. 문을 열고 들어서자 술병과 포도주잔이 즐비한 바가 보였다. 작은 펍을 겸하고 있는 듯했다. 카운터 앞을 지키던 여자가 나를 맞았다. 올려 묶은 밝은 갈색 머리에는 흰 머리카락이 드문드문 비쳤다. 연녹색 눈동자에 청량한 웃음. 나이를 짐작하기 어려웠다. 나는 스페인어와 영어 중 무엇을 사용해야 하나 망설였다. 둘 다 서툴 바에야 차라리 영어 공부를 더 할 걸 그랬나, 후회하고 있는데 여자가 영어로 물어 왔다.

"며칠 동안 묵을 거죠?"

"장수정입니다. 장미경 씨의 조카입니다."

여자는 나를 가만히 쳐다보다 말했다.

"마이라."

이곳에서 고모는 마이라였구나. 예상대로 여자는 클라

라였다. 우리의 대화는 내가 서툰 영어에 그보다 더 서툰 스페인어를 섞어 말하면, 클라라가 서툰 영어와 포르투갈 어를 섞어 말하는 식으로 이루어졌다. 대화가 길어지면 중간중간 번역 앱을 사용하며, 우리는 서로를 이해시키기 위해 느리게 반복해서 말했다. 클라라가 아침은 먹었느냐고 물었다. 우선 고모에게 가고 싶다고 하자 클라라는 투숙객들의 조식을 챙겨줘야 하니 기다리라고 했다.

계단을 내려가자, 거실과 주방이 함께 있는 공간이 나타났다. 거실 중앙에는 긴 직사각형의 나무 테이블이 놓여 있었는데 열두 명 정도는 둘러앉을 수 있는 크기였다. 거실 구석에 놓인 소파에는 한 남자가 앉아 미동도 없이 텔레비전 화면만 바라봤다. 클라라는 남자를 신경 쓰지 않고 주방으로 가더니 빵과 무화과잼, 치즈, 얇은 햄 등을 꺼내 테이블 위에 늘어놓았다. 바구니에 가득 담긴 오렌지를 가리키며 착즙기로 오렌지주스를 만들어 먹을 수 있다고 설명해 줬다. 시들시들한 오렌지를 먹을 마음은 들지 않았다. 뜨거운 차를 마시고 싶어 물었더니 클라라는 전기 포트를 꺼내주곤 위층으로 올라갔다. 전기 포트 안쪽에는 까만 그을음이 묻어 있었다. 물에 한 번 헹구었지만 떨어지

지 않았다. 물이 아닌 것을 끓이다 태운 흔적이었다. 전기
포트는 그대로 두고 유리병에 담긴 우유를 따라 테이블 구
석에 앉았다. 말린 열매 같은 것이 접시에 담겨 있었다. 입
에 넣고 보니 어딘가 익숙한 맛이었다.

두 명의 투숙객이 내려왔다. 둘 다 안색이 좋지 않아 보
였다. 내려오자마자 그들 중 한 명은 착즙기로 오렌지주스
를 익숙하게 만들고 또 다른 한 명은 빵을 토스터에 구웠
다. 햄과 치즈를 끼워 샌드위치를 만들고는 내 옆에 앉은
이는 자신을 리나라고 소개하며 물었다.

"처음이죠?"

입에 우유를 잔뜩 머금고 있던 나는 고개만 끄덕였다.

"우리는 작년에도 왔었는데."

오렌지주스를 들고 맞은편에 앉은 이는 모니카였다. 둘
이 동행인 줄 알았는데 리나는 네팔에서, 모니카는 멕시코
에서 왔다고 했다. 리나와 모니카 둘 다 무슨 병인지 자세
히 말하지 않았지만 더 이상 치료가 어렵다는 진단을 받은
뒤, 이곳을 알게 됐다고. 지난해 이곳에서 처음 만났고 올
해도 약속하지 않았는데 또 만났다고 했다. 내년에도 만날
수 있다면 그게 기적 아니겠냐며 동시에 웃었다. 국적이 다

른 둘은 자매라고 착각해도 이상하지 않을 정도로 닮아 보였다. 리나가 소파에 앉아 있는 남자를 눈짓으로 가리키며 속삭였다.

"또 술을 마시기 시작한 것 같아요."

할 말이 없어 나는 말린 열매를 하나 더 입에 넣고 우물거렸다.

"이곳을 어떻게 알고 왔어요?"

뭐라고 대답해야 하나 고민했다. 5년 전 죽은 고모가 머물렀던 숙소입니다. 대답할 문장을 머릿속으로 만들었다. 간단하게 축약해도 많은 질문을 불러일으키겠지. 그보다 여기에 뭐가 있어 올해도 왔냐고 묻고 싶었지만, 클라라가 내려오더니 나가자고 했다. 나는 꽃다발만 들고 따라나섰다. 여전히 하늘은 흐렸지만 비는 그쳤다. 언덕을 내려온 뒤 잠시 기다리라며 골목 사이로 사라진 클라라는 곧 검은 승용차를 끌고 나타났다. 차 안은 좁았고 좌석의 쿠션은 꺼져 있는 데다 솜까지 비어져 나와 있었다. 해안가에 자리한 묘지까지는 대략 30분 정도 걸릴 거라고 했다. 심야 버스에 시달린 탓인지 나는 금세 잠이 들었다. 정신을 차려보니 어느새 묘지 주차장이었다.

분묘는 흙이 아닌 하얀 자갈로 덮여 있었다. 그래야 바람이 잘 통해 육탈이 잘 이루어진다고 했다. 앞서 걸어가던 클라라가 묘석 하나를 가리키며 멈췄다. *Mayra*라는 이름과 함께 생몰년 월일이 음각되어 있고, *Crete*, 즉 '믿는 사람'이라고만 적혀 있었다. 장미경이라는 이름은 아예 적지 않았다. 클라라가 이 밑에 묻혀 있는 유해가 고모의 것이 맞다고 하면 믿을 수밖에 없었다. 나는 긴 여정으로 녹초가 되어버린 국화를 비석 앞에 내려놓았다. 묵념해야 하나, 절을 하는 건 아니지 않을까 생각하고 있을 때 클라라가 화장터와 이장할 벽감 묘가 바로 옆에 있다고 알려주었다. 나는 곧 한국에 들어가야 해서 이장을 서둘렀으면 한다고 했다. 클라라는 사무실에 들러 관계자와 이야기를 나누었다. 띄엄띄엄 들리는 단어들로 유추해 보았을 때, 리스본에서 가장 큰 축제가 곧 열려서 한동안 이장을 할 수 없다. 아무리 서둘러도 일주일은 지나야 분묘를 열 수 있다는 내용이었다.

"기다렸다가 보고 갈 거죠?"

돌아가는 차 안에서 클라라가 물었다. 그제야 깨달았다. 내가 고모의 이장만 보러 왔다고 생각했구나.

"고모와 함께 한국으로 돌아갈 거예요."

클라라는 놀란 듯 물었다.

"마이라가 원할까요?"

예상치 못한 질문이었다. 나도 모르게 엉뚱한 대답을 했다.

"나는 고모를 몰라요."

서둘러 덧붙였다.

"당연한 거죠."

모른다면서 확신에 찬 대답이 모순적이라는 생각에 멋쩍었다. 클라라는 아무 말도 하지 않고 나를 바라봤다.

"선산에 자리가 있어요."

근거를 제시하듯 덧붙인 말에 클라라는 긍정도, 부정도 하지 않았다. 내가 무슨 잘못된 말이라도 한 걸까. 불안해져서 물었다.

"고모가 뭘 원했는데요?"

유서라든가 유언을 남긴 건가 해서 물었다. 클라라는 대답하지 않았다. 침묵 속에 운전했다. 그러다 차가 멈춘 곳은 번화가였다. 나는 의아해하며 따라 내렸다. 축제를 앞두고 있어서인지 흐린 날씨에도 거리의 사람들은 활기차 보였다. 꼬마전구를 매단 줄이 하늘을 가로질러 설치되어 있고 화려한 꽃술로 장식한 무대가 분수대 옆에 마련되어 있었다. 그 주변으로 맥주잔을 든 사람들이 무리를 지어 앉아 공연을 기다리는 듯했다. 클라라는 성당으로 보이는 건물을 가리켰다.

"마이라가 좋아하던 곳이에요."

아무 생각 없이 안으로 따라 들어갔다가 눈에 들어온 하늘을 보고 깨달았다. 지붕이 없었다. 이곳은 수도원이었는데, 1755년 11월 1일 일어난 대지진으로 벽만이 남았다고 했다. 축일 아침이라 마침 곳곳의 성당에 모여 기도하고 있던 신자들이 참변을 당했고 이후 당시 발생한 화재로 닷새 동안 온 도시가 불탔다고. 그을렸는지 까맣게 타버린 벽들을 바라봤다. 지붕이 없는데도 거리의 소음이 들리지 않는 것이 이상하다고 생각하며. 내내 낮고 가라앉은 목소리로 설명해 주던 클라라가 말을 멈추자, 사방이 고요해졌다. 생각났다는 듯이 클라라가 말했다.

"마이라는 아줄레주가 되고 싶어 했어요."

주변 성당의 종들이 동시에 울렸다. 어느덧 오후 2시였다. 빗방울이 다시 떨어지고 있었다.

비에 거센 바람까지 더해져 우산을 써도 소용없었다. 차에서 내려 언덕으로 올라가는 짧은 사이, 클라라와 나는 흠뻑 젖었다. 게스트하우스 앞에 이르자 포치에 놓여 있는 테이블 중 하나에 노인 세 명이 앉아 있는 모습이 보였다. 트럼프를 하는 줄 알았는데 마작이었다. 초록색 천 위에 마작 패가 가지런히 배열돼 있었다. 하얗고 긴 머리를 올려 묶고 은테 안경을 쓴 노인은 와인을 홀짝이고, 콧수염을 정갈하게 다듬은 노인은 맥주병을 들고 마작판만 뚫어지게 바라봤다. 또 다른 노인 한 명은 푸른 스카프를 목에 두르고 턱을 괸 채 생각에 잠겼다. 포치 안으로 비가 들이치기 시작했는데도 신경 쓰는 사람이 아무도 없었다. 푸른 스카프의 노인과 눈이 마주쳤다. 노인은 벌떡 일어섰다. 유령이라도 본 듯 나를 가리키며 말했다.

"동풍?"

잘못 들었나 했다. 노인이 재차 말했다.

"동풍이다. 지금 동풍."

서툴렀지만 분명 한국어였다. 클라라는 나와 그 사이를 가로막고 서더니 냉정하게 말했다.

"아니에요."

클라라를 따라 게스트하우스 안으로 들어가다 흘깃 뒤를 돌아보니 노인은 계속 나를 쳐다보고 있었다. 카운터는 텔레비전 앞에 있던 남자가 지키는 중이었다. 남자는 우리를 보자 술병 하나를 꺼내 들더니 지하로 내려갔다. 남편 파블로라며 클라라는 살짝 한숨을 내쉬었다. 그리고 숙박 요금표를 내밀며 도미토리와 혼자 쓸 수 있는 방이 있는데 고모가 홀로 머물렀던 방이 마침 비었다고 알려줬다. 굳이 비교해 보지 않아도 여기보다 저렴한 숙소는 없을 것이다. 무엇보다 비까지 맞은 데다 피곤해서 어서 쉬고 싶었다. 클라라가 물었다.

"일주일 동안 뭘 할 건가요?"

"여행을 다니려고요."

"리스본은 크지 않은 도시여서 며칠이면 충분할 거예요. 근교에도 가봐요."

유월 한 달은 포르투갈 전체가 축제 기간이어서 박물관이나 미술관도 문을 닫고 대중교통도 운행하지 않는 경우가 있다며 클라라는 관광 안내 책자와 함께 열쇠를 건넸다.

방은 2층 복도 맨 끝에 있었다. 잔잔한 꽃무늬 벽지로 도배된 방 중앙에는 어두운 초록색 카펫이 깔려 있고, 발코니 창문 옆에 철제 침대와 작은 나무 책상이 놓여 있었다. 서둘러 욕실로 가서 뜨끈한 물에 샤워부터 하고 나왔다.

미경은 새로운 도시에 갈 때마다 가장 싸고 작은 방을 얻었다. 미리 한 달 치 방값을 치르고 낮에는 무작정 걸어 다녔다. 그리고 밤이 되면 책상에 앉아 스탠드 노란 불빛 아래서 고개를 수그리고 글을 썼다. 때때로 그날 인상 깊었던 풍경을 스케치해 놓았던 노트를 꺼내 채색 작업에 열중하기도 했다.

내 멋대로 상상해 에세이에 썼던 문장을 떠올렸다. 온몸이 노곤했다. 침대에 몸을 눕혔다. 고모는 이곳에서 정말 뭘 했을까. 좀더 생각을 이어가려다 잠이 들었다.

정신없이 자다가 어두컴컴한 방 안에서 깨어났을 때는 새벽 2시. 창문이 덜컹거릴 정도로 불던 바람은 잔잔해졌다. 발코니 문을 열고 나갔다. 비는 아직 부슬부슬 내리고 있었다. 멀리 희미한 불빛이 반짝였지만 주변이 컴컴해서 잘 보이지 않았다. 구석에 웅크리고 있는 하얀 형체를 발견하고 흠칫 놀랐다. 새였다. 갈매기 한 마리가 배를 깔고 앉아 있었다. 갈매기도 놀란 듯 작고 까만 눈동자를 이리저리 굴렸지만 피하지는 않았다. 가까이 다가가려는데 옆방에 불이 켜지더니 커튼 뒤로 그림자가 어른거렸다. 누군가 헛기침을 하며 발코니 문을 열고 나오는 찰나에 급히 방으로 들어가 문을 잠갔다. 숨을 죽이고 바깥에서 나는 소리에 귀를 기울였다. 한숨 소리와 담배 연기를 내뿜는 소리가 들려왔다. 낮게 웅얼대는 남자의 목소리, 여자가 새된 목소리로 화를 내는 듯하더니 흐느꼈다. 울음은 길지 않았고 이내 잠잠해졌다.

방 안을 찬찬히 살펴봤다. 환한 불빛 아래에서 보니 벽지의 얼룩들이 거슬렸고, 하얗던 커튼은 여러 번 세탁해서인지 잿빛에 가까웠다. 책상 앞에 가서 앉았다. 서랍을 하나씩 열어보다가 맨 아래 서랍에서 노끈으로 묶어놓은 전단 더미를 발견했다. 손바닥 위에 검은 돌을 올려놓은 사진이 크게 들어가 있었다. '진짜 기적을 만납니다'라는 볼드체의 문장이 다양한 언어로 쓰여 있었는데 한국어도 보였다. 좀더 작은 글씨로 게스트하우스에 대한 설명이 적혀 있었다. 대지진에서 살아남은 후손이 운영하는 기적의 집이라는 내용이 요지였다.

뒷면에는 게스트하우스 전경을 찍어놓은 사진이 여러

장 있었다. 클라라와 파블로가 투숙객과 함께 원을 그리며 춤을 추거나 넓은 테이블에 둘러앉아 음식을 나누는 모습이었다. 포치의 테이블에도 많은 사람이 앉아 있었다. 그중 낮에 봤던 노인 셋도 찾아냈다. 옆에 한 명이 더 있었는데, 옆얼굴이 살짝 보였지만 사진이 작고 화질도 좋지 않았다. 검은 머리에 동양인, 여자였다. 여자는 마작판을 향해 기도하듯 고개를 수그리고 있었다. 나는 여자를 휴대전화 카메라로 찍어 확대해 봤다. 고모의 사진은 몇 장 없는데다 열 살 때 기억을 더듬어봐도 고모의 얼굴이 잘 떠오르지 않았다.

침대에 다시 털썩 누워 휴대전화로 기적의 언덕을 검색해 봤다. 얼마 안 되지만 몇 가지 정보를 얻을 수 있었다. 병을 고치고 마음의 평화를 찾았으니 꼭 들러보라는 긍정적인 리뷰와 돈 낭비, 시간 낭비라는 리뷰가 비슷한 비율로 보였다. 그중 기적의 언덕이 두 곳 있으니 유의하라는 리뷰가 눈에 띄었다. 한 곳은 도박장인 데다가 근본도 없는 싸구려라고. 어쩌면 친척들이 수군거렸던 소문이 맞는 걸까. 이상한 종교에 빠지고 도박에 미쳤다는.

진동음이 울렸다. 잘 도착했는지를 묻는 엄마의 문자였

다. 시차가 아홉 시간이니까 지금 한국은 오전 11시가 넘었을 것이다. 메신저에는 확인하지 않은 메시지만 200개가 넘었다. 실직한 뒤 직장 관련 단체방에서 모두 나왔다. 헤어진 애인과 관련된 모임방에서도 나왔고. 남은 건 가족들과 고등학교, 대학교 친구들이 있는 단체방 정도였다. 급하게 확인할 내용은 없었다. 엄마에게 사정이 생겨 이장이 좀 늦어질 것 같다는 답장을 짧게 남겼다.

얇은 커튼 사이로 햇볕이 쏟아져 들어왔다. 새벽에 뒤척이다 선잠을 잔 탓에 멍했다. 날이 너무도 맑아 어제의 비바람은 꿈처럼 느껴졌다. 발코니 문을 열고 나가보니 갈매기는 없고 난간은 배설물로 더러워져 있었다. 내려다보니 숲에서 시작돼 테주강 하구까지 이어지는 산책로가 눈에 띄었다. 전단에 나와 있던 기적의 길인 듯했다.

밥부터 먹은 다음 근처를 좀 돌아봐야겠다는 생각에 지하로 내려갔다. 사람이 많지 않은 줄 알았는데 열 명 남짓한 투숙객들이 식사 중이었다. 클라라는 보이지 않았다. 식사를 대강 마치고 나오는데 입구에 놓인 바구니 안에 검은 돌이 수북하게 담겨 있었다. 어제 전단에서 본 사진과 같은 모양이었다. 한 개당 0.5유로라는 가격이 표시돼 있고 그 옆에는 동전을 넣는 아크릴 함이 마련돼 있었다. 벌써 3분의 1가량이 찼다. 검은 돌은 대지진 당시 무너지지 않았던 건물들이 헐릴 때 벽에서 나왔으며, 수행자들의 손을 거쳐 내려오는 동안 표면이 닳아 반들반들하고 부드럽다는 설명이 적혀 있었다. 하나를 집어 들었다. 매끈매끈하고 윤기가 흘렀다. 기적의 값이 너무 싼 거 아닌가. 돌을 도로 내려놓는 동안 사람들은 돌을 몇 개씩 움켜쥐었고 금세 동이 났다. 아예 작은 가방을 가져와 돌을 담고 있던 리나와 모니카가 반갑게 인사를 건넸다.

"산책할 거죠? 동전을 많이 준비해 가요."

그 얘기를 하며 둘은 닮은 얼굴로 웃었다. 의아했지만 대화가 더 길어질까 봐 묻지 않고 나도 웃어 보였다. 포치도 사람들로 북적거렸다. 서너 개의 테이블이 모두 꽉 찼다. 다들 마작에 열중하고 있었다. 노인 셋은 어제와 같은 자리에 앉아 말없이 와인과 맥주를 홀짝였다. 문득 그들의 테이블만 한 자리가 비어 있다는 걸 깨달았다. 어쩌면 고모의 자리일까. 동풍이라는 한국어와 사진 속 동양인 여자가 마음에 걸려 말을 걸어볼까 망설이다 뒤돌아섰다.

기적의 길이 시작되는 입구에 놓인 반석 위에 허름한 옷차림의 걸인이 지팡이를 짚고 앉아 있었다. 지나가려고 하니 손을 불쑥 내밀었다. 난 망설이다 동전 하나를 꺼냈다. 동전을 준비하라고 한 게 이 때문이었을까. 비가 내린 후여서 그런지 유난히 공기가 상쾌했다. 햇볕을 받은 올리브나무와 종려나무가 반짝였다. 기적을 바라는 이들이 기도하며 천천히 걷고 있었다. 새벽에 살펴봤던 방문 후기들을 떠올렸다. 숲길을 매일 산책하다 우연히 병이 나은 사람도 있겠지. 어쩌다 보니 일이 잘 풀리고 일시적으로 마음의 평화를 찾은 사람도 있었을 거다. 목발을 짚거나 휠체어를 타고 올라와 꽃을 바치는 이도 있었다. 함께 모여 기도하고 부르는 노랫소리도 간간이 들려왔다.

대지진에서 살아남았다는 소녀를 다양한 모습으로 조각한 상들이 보였다. 가까이에서 보면 대부분 조악하기 짝이 없었다. 앞에 걸어가는 한 남자가 눈에 띄었다. 그의 손에서 무언가 반짝였다. 남자가 지나간 자리의 조각상을 보니 틈 사이에 금화가 끼워져 있었다. 그는 조각상마다 멈춰서서 기도하고 금화를 바쳤다.

가만히 들여다보고 있는데 더러운 손이 불쑥 나타나 금

화를 빼 갔다. 아까 입구에서 동전을 건네받은 걸인이었다. 나와 눈이 마주쳤지만 뻔뻔하게도 싱글싱글 웃으며 금화를 자신의 호주머니에 넣었다. 걸인은 남자 뒤를 따라다니며 금화를 하나하나 수거했다. 멍하니 보고 있는데 뒤에서 휘파람 소리가 들려왔다. 걸인들 다섯이 동시에 손을 내밀었다. 순간적인 마음으로 지갑을 열었으나 도로 닫고 나는 고개를 저었다. 되도록 보폭을 크게 하며 걸어갔다. 걸인들은 자기들끼리 낄낄거리기 시작하더니 나를 둘러싸고 따라왔다. 마치 포위되듯 걸었다. 걸인들 입에서 나오는 말을 다 알아들을 수는 없었지만, 비하와 조롱이 담겨 있다는 건 알았다. 기적이 일어났다는 곳에 살고 있지만 왜 자신들은 불행하냐고 항의하듯이.

"니네들, 그렇게 하면 아무도 동정해 주지 않아."

분한 마음에 한국말로 외치고는 정신없이 내달렸다. 숨이 턱까지 차올랐다. 구역질이 올라올 것 같았다. 강 하구까지 내려왔음을 알았다. 잔잔한 강물 위 윤슬이 아무 일도 없다는 듯 일렁였다. 테주강은 여기서 끝나고 강물은 대서양으로 흘러 들어간다고 했다. 그러니까 강물과 바닷물이 섞이고 바다가 시작되는 지점, 강가라고도 바닷가라고도 부를 수 없는 그곳에 한 여자가 웅크리고 앉아 바구니에 돌을 주워 담고 있었다. 클라라였다.

　게스트하우스로 돌아가지 않고 28번 트램을 타고는 벨렝 지구에서 내렸다. 밤사이 비바람에 자카란다 꽃잎이 떨어져 길가 곳곳에 수북하게 쌓였다. 무작정 돌아다녔다. 돌바닥에 짓이겨진 보랏빛 꽃잎들을 밟으며, 어쩌면 고모는 내가 생각했던 모습과는 많이 다를 수도 있겠다는 생각을 하며.

　벨렝탑에 올라 리스본 바다를 보고 내려와 해변을 걸었다. 축제를 앞두고 예술가들이 돌로 수호성인의 모습을 만들어놓은 작품들이 즐비했다. 이 수호성인 덕분에 일주일을 이곳에서 보내게 된 거니 감사해야 할까, 원망해야 하나. 성인(成人)이 된다고 해서 성인(聖人)이 되는 건 아니지, 따위를 하릴없이 생각하면서 바닷바람을 맞다가 가게에 들어가 올리브절임에 와인 한 잔을 시켜 홀짝이고 있을 때였다. 가족 단톡방에 언니가 보낸 사진이 잇따라 올라왔다. 부모님을 모시고 외출이라도 했는지 언니와 형부, 남동생과 남동생의 여자 친구, 어린 조카가 함께 찍은 사진들이었다. 누나, 처제, 수정아 보고 싶다, 같이 오면 좋았을 걸, 어서 오라는 다정한 말들이 이모티콘과 함께 잔뜩 올라왔다. 나도 보고 싶다고, 곧 만나자고 하며 가장 즐거워 보이는 이모티콘을 골라 답했다. 왠지 목이 말라 상그리아 한 잔을 주문하는데 엄마에게서 전화가 걸려 왔다.

"고모는 어떻게 됐니?"

나는 빠른 시간 안에 돌아가기는 어려울 것 같다고 설명하고는 엄마에게 물었다.

"고모가 원하는 걸까?"

"이미 죽은 사람인데 뭐가 중요하니, 자리가 어디든."

그렇다면 그대로 두어도 괜찮지 않겠냐고 말하려는데 엄마가 말을 이어갔다.

"니네 아빠, 꿈자리가 요즘 뒤숭숭한 것 같더라. 네 고모를 유독 아꼈잖니."

4남 1녀 중 막내였던 고모가 태어나자마자 할아버지가 돌아가셨고 장남인 아빠가 거의 딸처럼 돌봤다. 아빠는 고모 손을 잡고 다녔고 고모가 한눈팔거나 튀는 행동을 하면 뺨을 때리거나 엄하게 대하기도 했다고 친척들이 하는 얘기를 들었다. 남매가 참 각별했다고. 아빠는 처음에 괘씸

해했다. 내가 그렇게 아꼈는데. 하나밖에 없는 딸이고 결혼도 안 할 생각이면 홀로 계신 어머니 곁을 지키면 오죽 좋았겠냐며. 지 생각밖에 할 줄 모르는 년이라고. 그 분노는 세월이 지나면서 옅어졌는지, 지금은 불쌍한 것이라며 술에 취한 밤이면 넋두리하듯 중얼거렸다.

엄마는 덧붙였다.

"고모 한이라도 풀어줘야 하지 않겠니."

난 어리둥절해져서 물었다.

"고모가 한이 있어?"

"당연하지. 결혼도 하지 않고 자식도 없고 외국에서 홀로 죽었는데 한이 있지."

엄마는 확신했다.

"그 지인이라는 사람은 멀쩡한 사람이니?"

엄마가 물었다. 멀쩡한 사람이란 신뢰할 만한 사람을 뜻하겠지. 대강 얼버무리고 끊었다.

"남긴 게 별로 없었어요. 그나마 있던 옷들도 코로나 때문에 소독하고 태웠거든요. 여행 가방 안의 짐이 거의 전부였는데 물건은 대부분 처분했고요."

고모의 유품이 남아 있을까 해서 묻는 내게 했던 클라라의 대답이 새삼 의심스러워졌다. 그 말을 할 때 클라라는 어쩐지 내 눈을 피하는 것 같았다. 고모도 클라라에게 속은 건 아닐까. 그렇다면 지금쯤 엄마 말대로 원혼이 됐을까. 혹시 돌아오고 싶었는데 돌아오지 못한 건 아닐까.

가게에서 나와 골목을 걷고 있으니 여기저기서 정어리 굽는 냄새가 났다. 이 도시 사람들은 수호성인만큼 정어리도 사랑하는 듯했다. 여러 개의 이름으로 살았다는 유명 시인의 흔적도 어디에나 있었다. 카페 앞 벤치에 만들어놓은 동상 옆에서 관광객들이 사진을 찍고 있었다. 마침 자리가 나서 나도 그 옆에 앉아봤다. 고모는 마이라, 그 이름 하나로만 살았을까. 이 기회에 나도 이름을 하나 지어볼까. 이런 생각을 두서없이 하다가 포르투갈 여자 이름을 검색해 봤다. 헬레나, 라우라, 소피아 등등. 가장 흔하디흔한 이름으로 하나 지을까. 언니가 가족들과 다 함께 찍은 셀카 사진을 한 장 더 보내왔다. 내 얼굴은 어디쯤 들어가면 어울릴까. 거기는 이제 밤, 다들 잘 준비를 하고 있겠지. 여기 나는 아직 한낮, 아홉 시간 느린 곳에 있다. 나는 다시 저 시간에 합류할 수 있을까.

한 달이 지나면 미경은 그 도시에 더 머무를지, 떠날지를 결정했다. 전자인 경우는 드물었다. 떠나야 하는 이유는 많았다. 바람이 너무 차갑거나 햇볕이 너무 뜨거웠다. 혹은 물가가 비싸거나 음식이 입에 맞지 않았다. 아니면 골목을 걷다가 쇼윈도에 비친 자기 모습이 마음에 들지 않아서일 때도 있었고 사람들이 잘 웃지 않아서일 때도 있었다. 자신도 모르는 이유로 그저 불편하고 서걱거리는 기분이 들기 시작하면 짐을 도로 쌌다. 정착이나 안정을 바라지는 않았다. 미경은 자신이 무엇을 원하는지 몰랐다. 이번에도 새가 흘리고 간 깃털 하나를 주워 들고는 미련 없이 다음 도시로 떠났다.

클라라의 하루는 바빴다. 축제 날이 가까워지면서 게스트하우스는 더 북적였다. 조식을 준비하고 마작꾼들에게 술을 팔고 투숙객들에게 기적을 팔았다. 강 하구로 내려가 돌을 날랐고 기름으로 윤이 나게 닦았다. 기적의 돌이 많이 팔려서인지 조식도 풍성했다. 오렌지도 싱싱해서 나도 주스를 만들어 마셨다. 신선한 채소로 만든 샐러드를 그릇에 가득 담았다. 복잡할 일은 없었다. 축제만 끝나면 고모를 화장해서 유골함에 넣어 데려가면 된다. 클라라는 첫날 고모가 원하는지 물어봤을 뿐 그 이후로는 언급이 없었다. 반대하지도 않았다. 사실 그럴 권리도 없었지만. 괜한 질문을 던져서 심란하게 만들다니. 어쩌면 고도의 수법인지도 모른다. 사기꾼들은 사람의 감정을 다루는 데 능숙할 테니까.

마작을 두고 있는, 아니 그저 마작판을 두고 앞에 앉아 있는 노인들은 되도록 피해 다녔다. 노인들은 가장 먼저 도착해 같은 자리에 앉았고 마작 패를 섞어 늘어놓았다. 빈자리에까지. 그러고는 가만히 있었다. 어느 날은 책을 들고 와서 읽었고 졸기도 했다. 다른 테이블에서는 탄식이나 기쁨의 환호성이 종종 터져 나왔지만, 그들은 조용히 시간을 보내고 있었다. 아니, 내가 보기에는 시간을 버리고 있었다.

나도 바빴다. 포르투갈의 대표적인 관광지들, 사람들이 가장 많이 찾는 곳을 부지런히 돌아다녔다. 가장 맛있다는 에그타르트를 사기 위해 웨이팅을 하고, 포르투에서 와이너리 투어를 하고, 렐루 서점에 가서 해리포터 수첩을 사고, 카스카이스 해변에 가서 멋진 노을을 보고, 동화에 나올 법한 페나성을 방문했다. 성실하게 사진을 찍어서 SNS에 올렸다. 부럽다든가, 이제 그만 돌아오라든가 하는 댓글에 좋아요를 눌렀고 답장을 했다.

오늘은 세상의 끝이라 불리는 호카곶에 가기 위해 호시우역에서 기차를 타고 신트라에서 내려 우르르 몰려가는 사람들을 따라 버스를 탔다. 대서양에서 불어오는 거센 바람에 머리카락이 마구 날렸다. 커다란 기념탑 앞에서 줄을 서서 기다려 간신히 사진 한 장을 찍었다. 탑에는 위대한 시인의 글귀가 새겨져 있었다.

여기 땅이 끝나는 곳, 다시 바다가 시작되는 곳.

저 바다 너머에 또 다른 대륙이 있다는 것도 모르고.

기념관에서는 돈을 지불하면 호카곶을 방문했다는 붉은 인장이 찍힌 증명서를 발급해 줬다. 바다를 배경으로 증명서를 들고 사진을 찍어 SNS에 올리고 나니 할 일을 다 마친 듯 허탈했다. 매점에서 돌아갈 버스를 기다리며 올라오는 댓글에 답장을 해주다가, 언팔해 버린 전 남자 친구나 전 직장 동료들의 SNS를 살펴봤다.

행복한 모습을 올리는 그들에게도 지금의 나처럼 이면이 있을 거라 생각하면서도 가슴 한쪽이 서늘해지곤 했다. 전 남자 친구와 자주 가던 단골 카페 사진이 올라와 있었다. 작은 새 모양의 풍경이 달린 창가 앞자리. 내가 좋아하던 자리다. 누군가의 계정이 태그되어 있었다. 엮힌 것 같고 토하고 싶은 기분이 들었는데 아마도 바람을 잔뜩 맞았기 때문일 거다.

기차에서 내리자 누군가가 역 앞에서 전단을 나눠주고 있었다. 낯익은 뒷모습은 클라라였다. 나는 몸을 숨기고 클라라를 지켜봤다. 전단을 받아 든 사람들은 대부분 버리고 갔지만 누군가는 곱게 접어 챙겼다. 홀로 이 역에 도착한 여행자였을 고모를 떠올렸다. 아마도 역에서 클라라가 주는 전단을 받아 들었을 거다. 영혼이 맑아 보인다든지, 근심거리가 있어 보인다고 하며 클라라가 말을 건넸겠지. 그러니까 고모는 피해자였을지도 모른다. 지나가던 사람이 바닥에 그대로 버리고 간 전단을 주워들었다. 게스트하우스에서 발견했던 것과 같았다. 그때 누군가 불쑥 말을 걸어왔다.

"기적을 믿으십니까."

말쑥하게 양복을 차려입은 남자였다. 관심 없어요. 나는 손사래를 치며 자리를 옮겼다. 그 사람은 우리의 기적은 다르다며 따라붙었다. 내가 들고 있는 전단을 가리켰다. 이 기적과 달라요. 그러더니 다른 전단을 건넸다. 가짜 기적에 속지 말라는 경고가 인쇄되어 있었다. 산타 호텔로

가는 셔틀버스가 역 앞에 대기하고 있다며, 언제든 구원이 필요하면 찾아오라고 했다. 그 남자가 준 전단에는 큐알 코드가 인쇄되어 있었다.

큐알 코드에 접속하자 유튜브로 연결되었고 영상이 떴다. 산타 호텔에서 바라본 풍광과 새로 정비한 기적의 길, 꺼지지 않고 불타는 초, 산타 호텔을 방문한 사람들의 증언 등등의 영상을 편집한 것이었다. 역 벤치에 앉아 정신없이 들여다보고 있는데 누군가 내 옆자리에 앉았다. 클라라였다. 언제부터 나를 지켜보고 있었을까. 나는 놀라지 않은 척하며 전단을 숨겼다.

"같이 시장에 갈래요? 돌이 많이 팔려서 두둑해요."

클라라는 묘하게 신이 나 있어서 아무것도 눈치채지 못한 것 같았다. 클라라가 데려간 곳은 수산물 시장이었다. 클라라는 소금에 절인 대구 여러 마리와 각종 해물을 샀다. 싱싱한 오렌지와 신선한 채소, 그리고 테이블에 장식할 약간의 꽃도. 짐을 들고 가다가 노천에 테이블과 의자를 두고 음식을 파는 곳에 멈춰 섰다.

"우리, 먹고 갈까요?"

클라라는 정어리를 올린 옥수수빵 두 개를 주문했다. 나는 맥주 한 잔을, 클라라는 탄산수를 시켰다.

"종종 마이라와 함께 장을 보고 나서 여기 들르곤 했어요."

나는 말없이 맥주를 들이켰다. 클라라는 정어리와 빵을 함께 크게 베어 물고는 물었다. 날씨가 참 좋다고 말하듯 가볍게.

"그 사람이 자신들은 진짜라고 하던가요?"

나를 보고 있었구나. 그럼 그렇지. 이제 속내를 드러내는 것 같았다. 내가 말없이 있자 클라라는 자문자답하듯 말을 이어갔다.

"신의 기적이라는 것은 어떻게 보면 참 가혹해요. 기적이 필요하다는 건 불행하다는 건데, 그렇다면 불행한 일을 겪어야 그 기적이 있다는 걸 증명할 수 있는 거잖아요. 고요와 평온이 계속되는 한 일어나지 않는 일이죠. 기적이 일어나려면 그만큼 현재가 고통스러워야 한다는 게 전제 조건인 거죠. 그런데 간혹 나와 우리 가족만은 언제 닥칠지 모르는 불행을 피하게 해달라고 기적을 원하는 사람들이 있어요. 지금의 부와 명예와 안온을 계속 변함없이 유지하게 해달라고요. 대지진이 일어났을 때 무사했던 건 가장 가난한 사람들이 있는 언덕이었어요. 지금 그들이 진짜 기적의 언덕이라고 부르는 곳이죠. 그곳에서 제일 많이 산 사람이 몸을 팔던 여자들과 포주였어요. 그들은 살아남은 뒤에 무슨 일을 했을까요? 살아남았어도 여전히 가난했던 그 여자들은 또다시 같은 일을 했을 거예요. 그렇다면 포주들은요? 계속 여자들을 착취했겠죠. 나도 원래 그 언덕 위에 살았어요. 태어나보니 살고 있었어요. 엄마 아빠도, 할아버지 할머니도, 증조부모도. 그 이전은 모르겠지만요. 우리 가족들은 대대로 가난했고 쭉 그곳에 살았어요. 그러니 어쨌든 살아남은 자들의 후손이 맞는 거 아닐까요?"

늘 천천히 말하던 클라라의 말 속도가 점점 빨라져서 나는 번역 앱을 켰다. 그러니까 결국 진짜 기적의 언덕은 여기가 아니라는 이야기였다. 나는 현혹되지 말아야겠다고 생각했다. 냉정을 유지하며 물었다.

"돌은 확실히 가짜잖아요?"

클라라는 한숨을 내쉬더니 맥주 한 잔을 주문했다.

"마이라와 나는, 우리는 헤어진 자매 같았어요. 리나와 모니카처럼요. 그리고 동업자이기도 했죠. 지금 자리에 있는 건물에 세를 내고 게스트하우스를 열었을 때 마이라는 첫 손님이었어요. 가장 저렴한 숙소를 찾아온 장기 투숙객. 기적의 돌을 처음 제안했던 것도 마이라였어요. 게스트하우스를 유지하기 위해서는 특별한 것이 필요할 것 같다며 저를 강가로 데려갔어요. 사람들은 보이지 않는 것을 마냥 기다리기에는 인내심이 부족해서, 그들에겐 당장 손에 잡히는 것이 있어야 한다고, 우리는 좀더 저렴한 기적을 팔자고 말이죠."

그렇다면 사기꾼은 클라라가 아니라 고모라는 이야기인가. 아니다. 클라라는 그저 고모를 이곳에 두고 싶은 거다. 그래서 이런 식으로 나의 마음을 떠보는 것 같았다. 내 눈을 흐리려는 거다. 속으면 안 돼. 정신을 바짝 차려야 한다. 나는 한 가닥 기대를 안고 물었다.

"혹시 고모가 글을 쓰지 않았나요? 다른 꿈은 없었나요?"

"그게 중요해요?"

"적어도 가족을 떠나고 나라를 떠났다면, 이런 곳에 홀로 와 있다면 하고 싶었던 것이 있을 거 아니에요. 이렇게 아무것도 안 하면서 인생을 낭비하지 않았겠죠."

클라라의 말 속도는 다시 느려졌다. 천천히 또박또박 대답했다.

"마이라는 아무것도 하지 않은 적이 없어요. 많은 것을 했어요. 같이 돌을 나르고 닦는 걸 도와줬어요. 햇살이 좋은 날이든 비바람이 부는 날이든 손이 곱도록 추운 날이든, 하루에 세 시간은 꼭 마작을 했어요. 마작을 가르치고 파블로와 술친구도 해줬죠. 돈이 어느 정도 모이면 훌쩍 여행을 다녀왔어요. 병에 걸렸을 때는 몸에 좋은 것들을 찾았죠. 누구보다 간절히 살고 싶어 했어요."

클라라는 추억에 젖어 자랑스럽다는 듯이 말했다. 내 얼굴이 점차 어두워지는 것을 보지 못했을 것이다. 친척들의 말이 모두 옳았다. 나는 기대했었다. 고모가 책 한 권이라도, 그림 한 장이라도 남기지 않았을까 해서. 내가 썼던 에세이도, 소설도 아닌 글 속의 고모처럼. 결국 고모는 인생을 헛살았다. 친척들은 이제 명절이면 고모에 이어 나에 대해 이야기할 것이다. 집안에 '그런 사람'은 하나씩 있다는 말로 시작하겠지.

미경은 기적의 도시에 도착했다. 만약 갈매기가 와서 리스본의 하늘을 내게 가져다준다면…… 밤이면 골목마다 파두가 흘러나왔다. 이번 도시는 어딘가 다를 것 같았다. 아줄레주 때문일까. 스페인에서도 본 적이 있는데 이곳의 아줄레주는 왠지 다르게 느껴졌다. 골목

어디에서나 만날 수 있는, 하늘도 바다도 닮은 코발트 블루빛이 미경은 좋았다. 그러다 부러워졌다. 주석 유약을 칠해 타일 하나하나에 그린 그림, 그 타일 하나로는 아무것도 아닌 그림들이 모여서 완전해진 그림이. 미경도 작고 아름다운 돌이 되어 불편함 없이 딱 들어맞는 곳을 찾고 싶었다.

다음 날, 클라라를 볼 엄두가 나지 않았다. 조식을 먹으러 가지 않고 곧장 나왔다. 트램을 타고 호시우역에 내렸다. 교외라도 나가볼까 해서 기차 시간표를 살펴보고 있는데 사람들이 줄을 서 있는 모습이 보였다. 나도 그 뒤에 따라 섰다. 이윽고 버스 한 대가 도착했다. 산타 호텔로 가는 셔틀버스였다. 버스에서 내린 사람은 어제 우리가 진짜라고 말했던 말쑥한 차림의 남자였다. 사람들을 따라 나도 모르게 올라탔다. 기사가 명랑한 얼굴로 맞았다. 버스 안은 쾌적했고 흥겨운 음악이 흘러나오고 있었다. 승객들도 밝은 표정이었다. 버스는 언덕 위를 오르기 시작했다. 일곱 번째 언덕, 진짜 기적이 일어난 언덕이었다.

"운이 좋네요. 방이 하나 남아 있어요."

산타 호텔 지배인이 카운터에서 방 열쇠를 내밀며 말했

다. 하루 숙박비가 가이보타 게스트하우스 일주일 치 방값보다도 비쌌다. 잠시 망설였지만 이제 곧 돌아가니까 호사좀 누리자고 마음먹었다.

"저녁에 호텔 광장 앞에서 축제가 열릴 거예요."

방 열쇠를 받아 들고 직원의 안내를 받아 엘리베이터를 탔다. 배정된 숙소는 풀빌라였다. 바다를 닮은 파란빛 타일로 만들어진 수영장에 들어갔다. 물이 차가울 줄 알았는데 온수가 나오고 있었다. 몸을 담근 채 고개를 내밀고 아래를 내려다봤다. 강과 바다, 도시의 풍광이 아름답게 펼쳐졌다. 잿빛 건물은 보이지 않았다. 연한 파스텔 색조로 산뜻하게 칠한 유럽식 주택의 주홍색 지붕들 너머로 끝없는 대서양이 넘실거렸다.

야외 테이블에 앉아 룸서비스로 주문한 샌드위치와 뜨끈한 수프를 먹었다. 갈매기들이 하늘 위를 빙빙 돌았지만 다가오지는 않았다. 게스트하우스 발코니에서 간단히 요기할 때 버터나 빵을 물고 달아난 적이 몇 번 있어서 경계했었는데. 테이블 근처에 경고 문구도 붙어 있었다. 갈매기에게 먹이를 주지 마십시오. 한 번 주면 또다시 찾아옵니다. 그런다고 다가오지 않을 녀석들이 아닌데. 그러다 깨달았다. 야외라고 생각했는데 주변이 투명 유리로 되어 있었다. 몇 번 머리를 부딪힌 후 이곳에는 더 이상 오지 않았겠지. 나는 이리저리 보기 좋은 각도를 찾아 사진을 찍어 SNS에 올렸다.

밖으로 나가 산책로를 걸었다. 대지진에서 살아남은 소녀의 조각상은 입구에 세워져 있었다. 아주 정교하고 커다랬다. 실물로 착각할 정도로. 하늘을 향해 우뚝 솟은 사이프러스 나무가 넓고 잘 닦인 길 양쪽에 촘촘하게 심겨 있었다. 잡초 없이 단정한 잔디밭에는 온갖 꽃들이 색색별로 나뉘어 곱게 피어 있었다. 산책로 곳곳의 스피커에서는 마음을 편안하게 해주는 음악이 흘러나왔다. 외부인 출입이 금지된 이곳에서는 걸인들이 달려들지도 않았다. 이곳의 기적은 쾌적했고 안전했다. 산책을 마치고 돌아가다 호텔 로비에 마련된 기념품 매장에 들렀다. 미니어처로 제작한 소녀의 조각상이 높은 가격에 판매되고 있었다. 축제에 참가하려면 초를 사야 했는데 가장 오랜 시간 타는 초는 더 비싸다고 했다. 망설이지 않고, 가장 길고 심지도 굵고 튼튼해 보이는 초를 샀다.

방으로 돌아가 향긋하고 포근한 침대에 누워 잠시 낮잠

을 잤다. 일어나니 몸이 가뿐했다. 사람들의 요란한 환호소리가 들려와 밖을 내다보니 호텔 앞 광장에 사람들이 모여들고 있었다. 어느새 서쪽 하늘부터 오렌지빛과 연한 장밋빛 석양이 드리워지고 있었다. 초를 챙겨 광장으로 나가보니 사람들의 얼굴이 밝고 충만해 보였다. 지배인이 반기며 포도주 한 잔을 건네고 초에 불을 붙여주었다. 포도주는 달고 독했다. 뜨듯한 기운이 온몸에 퍼졌다.

기적의 소녀상 아래에는 화로가 놓여 있었다. 기도한 뒤 들고 있는 초를 불길에 던지라고 했다. 나도 초를 던져 넣었다. 한 사람 한 사람 초를 던져 넣을 때마다 사람들은 서로를 축복했다. 초를 던져 넣은 이들은 하나둘 손을 잡아 원을 만들었다. 다 같이 원을 만들어 춤을 추며 돌았다. 나도 서둘러 누군가의 손을 잡았다. 불 때문인지 포도주 때문인지 얼굴은 자꾸만 달아올랐다.

사람들이 많아지면서 원이 넓어지자, 소녀상과 화로에서 멀어졌다. 그러자 사람들은 그 앞으로 가까이 가려고 원을 좁혔다. 몇몇이 손을 놓쳤고 원에서 이탈했다. 나도 손을 놓칠 뻔했지만, 간신히 부여잡고 있었다. 이때 누군가 엉덩이를 들이밀며 끼어들어 오는 바람에 그만 손을 놓치고 원 밖으로 밀려났다. 오기가 나서 나는 서로를 붙잡고 있는 손을 잡아떼고 그 사이로 비집고 들어갔다. 도로 밀려났다. 나는 몇 번이고 원으로 들어가려고 했으나 자꾸 튕겨 나갔다. 한 번 더 시도해 보려고 했는데 누군가 비명을 지르며 넘어지는 소리에 멈췄다. 아이 목소리 같았다. 얼굴이 불에 덴 듯 뜨거웠다. 더 이상 원 안으로 들어가지 않고 그 밖에서 바라봤다. 그들은 마치 기적이라는 보이지 않는 거미줄에 포획된 먹이 같았다.

나는 달아오른 얼굴을 식힐 겸 호텔 밖으로 걸어 나갔다. 비좁은 골목길을 내려갔다. 노숙자들이 누워서 자고 있는 비린내와 지린내가 풍기는 거리를 걷다 보니 클라라와 함께 갔던, 고모가 좋아했던 수도원에 이르렀다. 안으로 들어갔다. 여전히 지붕이 없는데도 안은 고요했다. 갈색 고양이 한 마리가 지진에도 무너지지 않은 벽에 기대어 자고 있었다. 나도 그 곁에 털썩 주저앉았다.

또다시 밀려났다. 선로에서 벗어난 기분이었다. 나는 누구도 실망시키고 싶지 않았다. 고모처럼 괴담의 주인공이 되고 싶지 않았다. 나는 쭉 두려웠다. 고모처럼 될까 봐. 평생 헛수고하는 삶을 살게 될까 봐. 그래서 고모가 헛수고

하지 않았다는 걸 증명하기 위해 아마도 이야기를 만들어 냈는지도 모른다. 나만은 고모를 이해할 수 있으리라 여기며. 다른 사람들이 괴담을 만들고 있었다면 나는 신화를 바랐던 거다. 고모가 좋은 사람이었기를, 소문과는 다른 삶을 살았기를, 속물들과는 다른 꿈을 이루었기를 말이다. 물질과 삶에 집착하는 보통 사람들과 달리 실은 의연하게 죽음을 맞이했다는 이야기를 듣고 싶었다. 그러니까 결국 나도 고모가 다른 선로 위를 달렸으면 했던 거다. 고모는 선로가 아닌 자신의 길을 달리는 사람이었는데. 여전히 얼굴이 뜨거웠다.

날이 밝기도 전에 게스트하우스로 돌아왔다. 카운터에 서 있던 파블로가 웬일인지 반갑게 웃어 보였다. 좋은 냄새가 풍겨 왔다. 주방으로 내려가자, 클라라는 커다란 냄비를 국자로 휘젓고 있었다. 클라라는 나를 보더니 아무것도 묻지 않고 한 그릇 가득 담아주었다. 해물밥이었다. 같이 장을 볼 때 샀던 대구와 새우, 홍합 같은 것들이 잔뜩 들어가 있었다. 나는 천천히 먹었다. 따뜻했다. 내가 먹을 동안 클라라는 옆에서 반죽을 치대고 있었다. 그릇을 비워

갈 즈음 앞자리에 앉더니 물었다.

"어땠어요?"

나는 마지막 한 숟가락까지 다 삼키고는 말했다.

"아주 쾌적했어요. 푹 잤어요."

클라라가 웃으며 말했다.

"마이라도 딱 그런 얼굴을 하고 돌아왔었어요."

클라라는 자리에서 일어나더니 말했다.

"사실은 버리지 않은 게 있어요. 거짓말을 했어요."

나는 어리둥절하면서도 내심 조금 기대했다. 유산 같은 걸까.

클라라가 내민 것은 손때가 묻고 너덜너덜해진, 두꺼운 노트였다. 날짜별로 숫자가 빼곡하게 기록되어 있었다. 마작의 승부와 그날의 족보를 기록해 놓은 것이었다. 간혹 한자가 보였다. 해저로월(海低撈月)이나 동남서북(東南西北) 같은.

"고모는 그림도 못 그렸네요."

나는 우스꽝스럽게 갈매기가 그려진 페이지를 발견했는데 점수의 총합이 가장 형편없는 날이었다.

"마이라는 갈매기가 빵을 물고 날아가면 끝까지 뛰어갔

어요. 마치 잡을 수 있다는 듯이. 욕설을 내뱉으며 돌을 던졌죠."

클라라가 그리운 어조로 말했다. 어이가 없었다. 내 표정을 읽었는지 클라라가 유쾌하게 말했다.

"마이라가 자기 것을 뺏겨도 아무것도 하지 않는 사람이길 바란 건가요?"

전단에서 봤던 사진도 노트에 껴 있었다. 클로즈업된 고모 얼굴. 마작판을 향해 고개를 수그린 옆얼굴. 분명 웃고 있었다. 이제는 아빠와 닮아 보이지는 않았다. 노트를 받아 들고 계단을 올라가는데 클라라가 나를 불렀다.

"수정, 내일이에요."

나는 뒤돌아보고 고개를 끄덕였다.

"리나와 모니카도 따라간대요."

아마도 우리는 내일 그 좁은 차에 구겨지듯 들어가 고모를 만나러 갈 것이다. 믿는 사람. 고모의 묘비명이 떠올랐다.

"마이라는 무엇을 믿었나요?"

클라라는 언제나처럼 포르투갈어와 영어를 섞어 천천히 대답했다.

"삶을 믿었지. 자신의 의지와 선택이 빚어낸 결과를, 간혹 주어지는 행운과 우연과 운명이 얽혀 일으키는 기적 같은 일을. 불행이 계속되어도 때때로 웃을 수 있는 순간이 찾아오는, 한마디로 설명할 수 없는 불가해한 삶을."

클라라는 더 길게 얘기했지만, 나는 번역 앱을 켜지 않고 내가 알아들을 수 있는 단어들로만 유추했다. 띄엄띄엄 들렸지만 무슨 말인지 알 것 같았다.

"오늘은 파블로가 좋아 보여요."

나는 클라라에게 말했다.

"가끔은 이런 날도 있는 거지."

클라라는 심상하게 대꾸하고 다시 반죽을 치대기 시작했다. 조식을 먹으러 내려온 리나와 모니카가 마주쳤다. 밝게 웃으면 닮은 얼굴이 되는 그들처럼 클라라와 고모도 함께 웃으면 닮은 얼굴이 됐을까.

포치로 나가자, 노인들이 막 도착해 자리를 잡고 있었다. 나는 빈자리에 가서 앉았다. 아마도 고모의, 아니 마이라의 자리에. 노인들은 놀라지 않았다. 자연스럽게 주사위를 던져 순서를 정하고 마작 패를 늘어놓았다. 푸른 스카프를 한 노인은 천천히 게임 규칙을 설명해 줬다.

"마작에서 동남서북은 바람의 순서와 방향을 뜻하지. 마이라는 아직 동풍일 때 떠났어."

노인은 중간중간 동풍이라는 말과 동남서북이라는 말만 한국어로 했다.

"마작이란 잘 버리는 게임이야. 주어진 것을 받아들이고 내가 원하는 그림이 완성될 때까지 계속해서 패를 받고 버리는 거야. 아무리 선택을 잘하고 노력해도 운이 나쁘면 완성하지 못해. 그러면 아쉬워하고 자책도 하다가 욕도 하고 술도 마시다가 다시 바람이 바뀌면 패를 돌리기 시작하는 거지. 바람은 계속되니까."

나에게 들어온 패를 꼭 쥐었다. 매끈매끈했다. 차가웠다. 그리고 각진 모서리. 이거였구나. 버릴까 말까를 고민하다 어이없어 피식 웃었다. 나의 웃는 얼굴은 누구를 닮았을지 궁금해졌다. 오른뺨은 이제 막 떠오르는 해로 따뜻했고, 왼뺨은 바다에서 불어오는 바람에 시원했다. 실바람이 불어오자, 앞머리가 살랑거렸다. 자카란다 꽃잎이 보랏빛 나비처럼 어디선가 날아와 마작판에 내려앉았다. 동풍이 곧 끝난다. 상관없다. 다시 남풍이 불어올 테니까.

해가 잘 드는 방이었다. 매번 햇살에 눈이 부셔 미경은 깨곤 했다. 그날도 그랬다. 그런데 어딘가 달랐다. 작은 방을 둘러보았다. 아무것도 변하지 않았다. 다만 어딘가 아귀가 맞지 않는 조각처럼 불편했던, 책장에서 비어져 나온 책 같아서 불안했던, 여기가 아닌 것 같아서 외로웠던, 평생을 떨쳐내지 못할 것 같았던 그 기분이 사라졌음을 느꼈다.

미경은, 아니 마이라는 여전히 기적을 보지 못했다. 다만 믿는 사람들을 보았다. 기도하다 돌바닥에 짓이겨진 무릎을, 냉소와 비웃음에도 흔들리지 않는 눈빛을. 그들은 헛수고하는 시간을 아까워하지 않았다. 만일 기적이 있다면 바라는 것이 생겼다. 산책할 때마다 마이라는 기도하듯 중얼거렸다. 돌아가고 싶지 않아. 다시 돌아가고 싶지 않다고.

○ 해저로월(海低撈月)
바다 밑에서 달을 건져 올리는, 되지도 않을 헛수고만 한다는 뜻으로 쓰인다. 한편 마작에서는 마지막에 들어온 패로 조합이 완성되어 승리했을 때를 뜻하는데, 그만큼 희박한 확률의 기적을 의미한다.

우리에게는 적당한 말이 없어

김봄

김봄

2011년 민음사 《세계의 문학》 신인상 공모에 「내 이름은 나나」가 당선되어 문단에 나왔다. 펴낸 책으로는 소설집 『아오리를 먹는 오후』와 산문집 『좌파 고양이를 부탁해』 『너, 뭐 먹고 살쪘니?』 『우파 아버지를 부탁해』가 있다.

> 나는 글을 씀으로써 존재했고 어른들의 세계에
> 서 벗어났다. 내가 존재한 것은 오직 글짓기를 위
> 해서였으며, '나'라는 말은 '글을 쓰는 나'를 의미
> 하는 것이었다.
>
> _장폴 사르트르, 『말』

게이트가 열리자 환한 빛이 몰려들었다. 너무 밝은 나머지 모든 경계가 희미해졌다. 차차 음영이 잡히고 불 밝힌 상점들이 눈에 익기 시작했다.

펜스 앞에 선 사람들은 아직 도착하지 않은 누군가를 향해 노트만 한 종이를 흔들어댔다. 알 수 없는 활자들이 몸을 흔들며 누군가를 애타게 부르는 듯했다. 나는 그들 중에서 유일하게 영어로 적힌 종이를 들고 있는 남자 앞으로 걸어갔다.

"제로 하우스? 아임 가야즈 칸."

나는 남자에게 손바닥을 내보이며 인사를 건넸다. 그리

고 가야즈가 들고 있는 종이에서 'u'를 가리키며 내 이름에서 이건 빼야 한다고 영어로 알려줬다. 가야즈는 어깨를 으쓱할 뿐 다른 말을 붙이지 않았다. 선글라스를 걸어 올리고 검지를 까딱이며 따라오라는 시늉만 했다.

가야즈는 영어를 못 했고, 나는 힌디어를 못 했다. 소통할 수 있는 최소한의 단어도 우리 사이에는 없었다. 우리에게는 제로 하우스까지 무사히 도착해야 하는, 확실한 목표만 존재했다. 나는 가야즈가 손짓하는 대로 캐리어를 맡기고 그를 따라갔다.

내가 은색 마루티 스즈키 시아즈에 앉자마자 가야즈는 차를 출발시켰다. 가속 페달을 얼마나 밟는 건지 부아아앙 하는 소리가 울음처럼 들려왔다. 공항을 빠져나온 지 얼마 안 되어 노란 흙먼지가 일어나는 비포장도로가 나왔고 차는 심하게 덜컹거렸다. 노란 모래 폭풍 안에 있는 건가 싶을 정도로 시야가 확보되지 않은 상태에서도 가야즈는 뒤를 돌아 나를 살피는 여유까지 보였다.

부아아아앙 소리가 길어질수록 나는 〈매드 맥스〉의 퓨리오사가 구조한 임모탄의 여인 중 하나가 된 기분이 들었지만, 퓨리오사를 신뢰했던 여인들처럼 가야즈만을 철석

같이 믿으면서 앉아 있을 수는 없었다. 뭐라도 잡아야 했는데, 뒷자리 손잡이는 하나도 성한 게 없었다. 안전벨트에 손을 감고 눈을 감았지만 마루티가 심하게 덜컹거리는 게 오롯이 느껴졌다. 이렇게 속도를 내다가는 차가 달리는 중에 그대로 고꾸라지는 게 아닌가 싶을 만큼 차체가 요동쳤다. 델리까지도 몇 번의 터뷸런스를 경험하고 나서야 겨우 내렸고, 벵갈루루행 국내선 비행기도 험난하게 타고 왔는데, 목적지를 목전에 두고서 흰 소가 걸어 다니는 흙길에서 죽나 싶었다.

그 와중에도 가야즈는 계속해서 무슨 말을 걸어왔다. 못 알아듣는다는 것을 알고 있을 테지만, 그도 어떤 방식으로든 우리가 말로 통할 수 있다고 생각하는 것 같았다. 나는 그저 빙긋 미소를 지으며 고개를 끄덕이기만 했다. 그게 내가 할 수 있는 최대치의 비언어적 매너라고 생각했다. 그런 생각을 하는 와중에도 가야즈는 쉬지 않고 해독할 수 없는 말들을 건넸다. 가만히 듣고 있자니 드문드문 섞여 있는 영어 단어들이 귀에 들어왔다. 한 단어를 알아듣자 대충 무슨 이야기를 하는지 짐작할 수 있었다. 그러다 어느 순간부터는 그가 하는 말들이 한국말처럼 들리기 시작했다.

그제야 차창 밖의 인도 풍경이 눈에 들어왔다. 나는 안전벨트에 친친 감았던 손을 천천히 풀었다.

마침 마루티가 신호에 걸려 멈췄고 가야즈는 차창 밖 동물을 향해 손을 뻗었다. 가야즈의 검지가 먼저 가리키는 것은 주둥이가 긴 누런 개였다.

"굿다! 굿다!"

"굿다?"

"굿다!"

다음은 느직느직 걷고 있는 소, 그다음은 담장 위에 앉은 고양이를 가리켰다.

개는 굿다, 소는 가이, 고양이는 빌리. 가야즈 칸, 유소영.

우리는 개와 소와 고양이와 서로의 이름을 서른 번도 넘게 불렀다. 이름이 입에 붙자 이전부터 알던 사람처럼 느껴졌다. 또다시 가야즈의 차를 타게 된다면 친구를 만난 기분이 들 것도 같았다.

철제 대문과 담벼락이 높은 주택 단지가 나오자 가야즈는 속도를 줄였다. 자줏빛 히비스커스가 담장을 넘어서까지 흐드러지게 핀 하얀 대문집 앞에 이르자 가야즈는 마루티의 시동을 껐다. 그리고 검지를 들어 차창 너머를 가리켰다.

"제로 하우스!"

하얀 대문 안으로 들어서자 넓고 탁 트인 정원이 보였다. 하얀 담벼락을 따라 어우러진 교목과 관목의 초록 이파리들을 보니 눈이 환해졌다. 통유리로 된 2층 건물 맞은편에는 테라스형 파고라도 있었다. 파고라 왼편에 우뚝 선 망고나무에는 셀 수도 없이 많은 진녹색 망고가 줄줄이 매달려 있었다. 혀끝에 침이 고였다. 시퍼렇게 덜 익은 사과를 베어 먹었을 때처럼 이가 시린 느낌이었다.

가야즈가 현관문을 열고 안으로 인도했다. 소파에 앉아 있던 두 남자가 일어나 나를 맞아주었다. 키가 크고 베컴을 닮은 남자가 먼저 인사를 건넸다.

"반가워. 나는 베이커. 이쪽은 내 남편 시몽."

베이커의 영어에는 영국식 악센트가 강하게 묻어났다.

시몽은 〈언터처블〉에 나오는 오마르 시를 조금 닮았는데, 말할 때마다 두 눈썹이 위아래로 자유롭게 움직였다. 시몽 역시 나를 안아주었는데, 베이커처럼 왈칵은 아니었고 한쪽 어깨만 닿을 정도였다.

"가야즈는 벵갈루루에서 가장 빠른 운전사지만, 그의 차를 타면 최소 한 시간은 쉬어주어야 해. 전신운동을 하게 되거든."

베이커가 내 어깨를 살살 두드렸다.

"뇌까지 제대로 흔들어주지, 아마."

시몽이 두 눈썹을 올리며 헤드 뱅잉을 해보였다.

나는 베이커의 안내를 받으며 거실 옆 복도로 따라 들어갔다. 내 방은 복도 끝 방인 102호였다. 침대, 붙박이 옷장, 책상과 개별 욕실을 갖춘 방이었다.

어느새 시몽은 웰컴 차와 한라봉을 닮은 오렌지를 내줬다.

"히비스커스차야, 여기 담장 밑에 자라는. 속을 달래줄 거야."

시몽의 말대로 히비스커스차는 속을 따뜻하게 다독여주는 듯했다.

"소영, 저녁 식사 할 거지?"

문을 닫으며 베이커가 물었다.

"물론. 부르러 오지 않아도 식탁 앞에 제일 먼저 앉아 있을 거야."

내 말에 시몽은 엄지를 세워 보여주면서, 오렌지 맛은 꼭 보고 쉬라고 덧붙였다.

제로 하우스에 모인 작가는 미국 플로리다에서 온 앨리스, 벵골 시인 알리, 카슈미르 저널리스트 모하마디, 그리고 한국에서 온 나까지 모두 넷이었다. 영국인 베이커와 프랑스인 시몽 부부는 제로 하우스의 매니저였다. 부부는 프랑스 남부에서 살고 있는데, 제로 하우스의 레지던시 프로그램이 열릴 때마다 인도에 와서 각국에서 날아온 작가들과 한 달여를 보내다 돌아간다고 했다.

저녁 테이블에는 제로 하우스에 초대된 네 명의 작가들이 다 모였다. 마담들이 음식 그릇을 차려놓고 빠지자 제로 하우스의 임대인 뚜룹띠가 와인을 들고 식당으로 들어왔다. 내가 쉬는 동안 다른 작가들은 뚜룹띠와 인사를 나눈 모양이었다. 뚜룹띠가 내게 고개를 까딱하더니 말을 건넸다.

"워아쁘똠?"

뚜룹띠의 입을 쳐다보며 말을 알아들으려고 눈과 귀에 온 신경을 다 썼지만 그가 다시 한번 더 입에 힘을 주고 내게 말을 건넬 때까지도 그 말뜻을 알아듣지 못했다. 남인도식 영어는 내게 너무 낯선 영어였다.

옆자리에 앉은 베이커가 내게 귓속말로 "너 어디서 왔냐고 묻고 있어"라고 귀띔해 주었다. 그제야 나는 "코리아"라고 대답했다. 그러자 뚜룹띠는 다시, "사우스, 노스?"라며 되물었다. 내가 "사우스 코리아"라고 말하자 고개를 끄덕였다. 그리고 다시는 내게 질문하지 않았다.

뚜룹띠는 들고 온 와인을 작가들에게 따라주고 제로 하우스 바로 옆에 있는 제집으로 돌아갔다.

저녁 식사 자리에서 가장 말이 많았던 모하마디는 차려진 음식에 소금을 뿌려 먹었다. 커리 종류는 모두 내 입에 너무 짰는데, 모하마디는 너무 싱겁다며 몇 번이고 소금을 뿌리고 또 뿌렸다. 모하마디는 머리카락이 꼬불꼬불한 데다 풍성했는데 구레나룻부터 턱선 전체를 감싸고 이어진 턱수염도 만만치 않았다. 소금 통을 들고 잇새를 드러내며 빙글빙글 웃을 때마다 그의 머리칼과 수염이 다 같이 흔들거렸다. 자신의 미각에 딱 맞는 짠맛이 만들어지자 모하마디는 카레를 버무리던 손으로 식사를 시작했다.

모하마디는 다양한 분야에 박식했다. 그만큼 궁금한 것도 많았다. 자기가 질문을 하고 대답까지 하면서 저녁 식사 자리를 주도했다. 모하마디의 리드로 우리는 조금씩 서로의 정보를 공유해 나갔다.

물꼬가 터지고 나자 점점 대화는 길어졌고, 한 사람이 제 이야기를 풀어놓고 옆 사람에게 "앤드 유?"하고 바통을 던지는 식의 대화가 이어졌다. 나는 다른 사람이 말하는 동안에 머릿속에 떠다니는 무수히 많은 문장들을 조합해 영작을 하며 순서를 기다렸다. 일대일 대화가 아닌 이렇게 다중의, 여러 음색과 발음의 영어를 한꺼번에 듣자니 뇌가 흐물흐물해질 지경이었다. 말이 섞이고 겹치면서 더러 말을 놓치기도 했다. 그럴 때마다 나는 손바닥을 보이며 다시 말해 달라고 요청했다. 앨리스도 알리에게 몇 번이나 '파든'을 붙여 다시 말해 줄 것을 부탁했다. 베이커도 알리가 천천히 말해 주면 좋을 것 같다고 의견을 보탰다.

우리는 서로 아는 게 없었고, 서로의 나라에 대해서도 제대로 알지 못했던 터라, 대화 주제는 무궁무진했다. 대화 초반에는 출신 국가와 지역, 생일, 나이, 현재 하고 있는 일 등을 묻고 답했다. 각자의 생일을 이야기하던 중 앨리스의 생일이 얼마 안 남았다는 것을 알게 되었다.

"이번 생일 파티는 우리와 함께하는 거야!"

모하마디의 말에 우리는 함께 생일 파티를 해주자고 한 목소리로 약속했다.

첫날밤의 저녁 식사는 새벽 2시까지 이어졌고, 우리는 인디언 싱글 몰트를 다 마시고서야 각자의 방으로 돌아가 자는 이야기를 꺼냈다.

제로 하우스에 온 이후로 나는 매일 일찍 잠에서 깼다. 저절로 눈이 떠져서 일어난 것이었다. 방 안은 창밖에서 넘어온 빛으로 환했다. 아사면 80수 정도 될까. 손수건으로 만들어도 될 만큼 얇은 면사로 된 커튼은 그 채로 하얀 베일같이 보였다.

새소리가 연이어 들리는가 싶더니 조심스럽게 정원을 옮겨 다니는 발짝 소리가 들렸다. 제로 하우스에서 제일 먼저 일어나 아침을 준비한다는 정원사 하시였다.

건물 전면이 통유리인 제로 하우스는 방음에 아주 취약했다. 도로에서 건너오는 소리부터 건물 안에서 나는 사소하게 부딪히는 소리들까지 1층 안쪽에 있는 내 방까지 고스란히 전해졌다. 정원의 스프링클러에서 뿜어져 나온 물이 파사사사삭 하고 퍼져 나가는 소리는 언제 들어도 청아

했다. 2층에 머무르고 있는 앨리스가 남편과 통화하면서 부르는 콧노래가 종종 들리기도 했다. 내 방에서 제일 먼 방에 머무는 모하마디는 방문을 여닫으며 혼잣말하는 버릇이 있는 듯했다.

방문을 열면 언제나 플루메리아가 먼저 눈에 들어왔다. 청소와 잔심부름을 도맡아 하는 소년 따룬이 밤새 떨어진 플루메리아를 물이 담긴 유리그릇에 띄워 방문 옆 콘솔 위에 놓아두는 것이라 했다. 그걸 안 다음부터 나는 서울에서 챙겨 온 과자와 사탕을 침대맡에 놓아두었는데, 따룬은 매일 딱 하나씩만 가져갔다.

정원사 하시와 눈인사를 하고 대문 밖으로 나서면 제일 나이가 많은 마담 라티와 만난다. 라티는 대문 바로 앞에 물을 뿌린 후 색 가루로 랑골리를 그렸다. 문간을 오가는 손님들을 환영하고 액운을 퇴치하고 번영을 기원하는 마음을 담아 매일 다르게 그렸는데, 나는 매일 달라지는 라티의 랑골리를 보기 위해 더 일찍 일어나기도 했다.

그렇게 대문 앞에 나섰다가 망고나무와 플루메리아나무를 지나 주방으로 돌아올 때까지 라티와 하시, 따룬을 늘 만났지만 그들은 좀처럼 말소리를 내는 법이 없었다.

언제나 눈과 입, 그리고 손으로 말을 대신했다. 말이 건너오지 않아서 그때마다 나도 모르게 합장을 하게 되었다.

제로 하우스에 모인 여섯 명은 매일 함께 식사를 했다. 아침은 자율이었지만 같은 시간에 나와 커피와 토스트 같은 것을 나눠 먹었고, 점심과 저녁은 마담들이 챙겨주는 남인도 가정식 요리와 과일을 먹으며 이야기를 나눴다. 서로에 대한 정보가 점점 쌓여가면서 각 나라의 문화와 사회 상황에 대한 주제로 화제가 옮겨 갔다. 모두 다른 영어를 쓰고 있다는 생각을 공유한 이후라 몇 번의 완급 조절이 있었고, 그 후 우리는 말하는 것보다 듣는 사람들의 반응을 더 신경 쓰며 말하기 시작했다.

그런 섬세한 수정 작업을 거치면서 우리의 대화는 끝말잇기를 하듯, 계속해서 국가의 경계를 넘고 성별, 인종, 종교를 넘었다. 젠더와 신념을 넘었고, 문학을 생각하는 가치관을 넘나들었다. 플롯과 스토리텔링에 대해 의견을 나눴고, 어디서 영감을 얻는지, 어떤 뮤즈를 모시는지에 대해서도 이야기했다. 모두의 입에서 출발한 말들은 각각 하나의 유닛처럼, 보통명사처럼 다름의 한 형태로만 존재하는 듯했다. 우리는 서로의 말에 어떠한 수식도 붙이지 않았다. 그 자체로 듣고 이해했다. 처음 일주일 동안은 확실히 그랬다.

내가 생각할 때, 제로 하우스 첫 일주일 동안 우리의 대화는 '절대 공동체'의 표본처럼 느껴졌다. 우리는 서로에 대해 어떠한 표면적인 가치 판단도 하지 않았다. 우리들의 연대를 훼손할 만한 어떠한 부정적인 언급도 시도하지 않았다. 오로지 서로가 서로인 자체로 온전해진다는 것을 인식하고, 서로를 배워나갔다.

제로 하우스의 마담들이 쉬는 일요일, 우리는 나가서 점심을 먹기로 했다. 가벼운 차림으로 제로 하우스를 나선 우리는 인도 가운데 솟은 가로수를 비켜 가며 둘씩 나눠 걸었다.

길을 나설 때 나는 앨리스와 발을 맞춰 걸었다. 앨리스는 한국 음식을 아주 좋아한다고 말했다. 김치와 불고기, 떡볶이를 먹어보았다고 했다. 그 말에 한국 음식을 직접 해주겠다고, 서울에서 하던 식으로 오지랖을 부리고 말았다. 앨리스는 자신도 음식 만드는 데 조금이라도 도움이 되고 싶다고, 재료 다듬는 것이나 설거지 등을 돕겠다고 했다. 그것만으로도 꽤 단단한 동맹을 맺은 기분이 들었다.

걸으면서도 앨리스는 남편에게 보낼 것이라며 발길 닿는 곳곳의 사진을 찍었다. 남편도 자기와 같은 소설가라고 했다. 그러면서 내게 어떤 종류의 글을 쓰느냐고 물었다.

"나는 소설도 쓰고, 영화 시나리오나 애니메이션 시나리오도 쓰지. 소설만으로는 돈벌이가 안 되어 종종 다른 글을 쓰면서 살고 있어."

그러자 앨리스는 안타까운 표정을 지었다.

"미국에는 예술가들을 위한 펀드가 조성되어 있어. 그걸로 예술가들을 도와주는 거지. 물론 나는 학교에서 강의를 하고, 남편은 전업 작가로 펀드를 받고 있어."

"생활이 될 만큼?"

"당연히."

한국에도 그런 제도가 있다고 말하고 싶었지만 거기서 이야기를 중단했다. 혹여 예술가들을 대하는 국가 간 차이가 한국을 제대로 알지 못하는 미국인에게는 지나치게 부정적으로 수용될까 걱정되었다. 나는 한국의 한 부분을 이야기한 것이지만 앨리스에게는 우리나라 전체를 인식하는 수식이 될 테니 말이다.

"나는 소영이 내성적이고 영어를 못 할 거라고 생각했어."

앨리스의 말에 나는 잠시 말문이 막혔다. 우리나라 이미지를 걱정하고 있을 때가 아니었다.

"영어가 모국어는 아니니까. 그냥 생.존.영.어.를 하는 거지."

나는 Survival English에 강세를 주며 말했다. 말을 하고 있자니 마치 내가 Survivor가 된 듯했다.

"굳이 말할 필요는 없겠지만, 정확히는 Surviving English 야. 아주 특수한 상황은 아니니까."

앨리스는 부사 여러 개를 써가며 말했다.

나는 부사를 많이 쓰는 사람을 별로 좋아하지 않았다. 부사는 그 자체로 한정이며 강조니까. 어떤 때는 강요 같기도 하니까.

"오호, 정말 그렇구나. 이렇게 또 하나 배우네."

나도 부사를 여러 개 써서 대답했다. 그럴 의도까지는 없었지만.

"뭐, 모국어도 아닌데."

앨리스의 말에 허허, 하고 웃긴 했지만 내가 웃는 게 웃는 게 아니었다.

두 번의 교차로를 지나면서 나는 속도를 늦춰서 베이커와 나란히 걸었다.

"나는 당신을 처음 보았을 때 베컴이 걸어 나오는 줄 알았어."

"사실은 말이지, 그래서 내가 비컴(Become)이야. 곧 베컴이 될지도 몰라."

베이커가 눈을 찡긋했다. 베이커와 시몽은 다른 사람들에 비해 비언어적 수단을 잘 활용했다. 온몸이 함께 대화에 참여하는 것 같았다. 그래서인지 나도 베이커 부부와 대화할 때는 더 크게 손을 쓰고 몸을 움직였다. 평생 몇 번 들려본 적 없었을 두 눈썹이 들리는 걸 느끼기까지 하면서 말이다.

나는 배에 손을 대 보이며 아주 우습다는 듯 과장하여 웃었고, 베이커도 나를 따라 웃었다.

"네 이름은 참 젊어."

베이커는 내 이름이 'You so Young'이어서 내가 오래도록 늙지 않을 거라고 덧붙였다.

"우회해서 두 블록 내려가면 식당이 나올 거야."

베이커가 안내하는 쪽으로 우회하자 2차로였던 도로가 4차로로 확장되었다. 늘어선 상점들도 훨씬 크고 많았다. 도롯가에는 오토 릭샤가 빽빽하게 대기 중이었다. 그 뒤 담장에는 여러 신들이 그려져 있었는데 아랫부분이 모두 빛바래 있었다. 마침 한 남자가 시커먼 페니스를 꺼내 길 중간에 소변 줄기를 뿌려댔다.

순간 나도 모르게 몸을 휙 돌렸다. 반대편 길바닥에는 사람 똥인지, 소똥인지, 개똥인지 모를 똥들이 뭉개져 있어서 하마터면 밟을 뻔했다. 그걸 피하려다 몸이 휘청했는데 다행히 베이커가 내 팔을 잡아주었다.

"여기, 혼자 나오면 안 되는 이유에 똥도 있어. 좀 전에 했던 것처럼 똥오줌은 잘 보고 피하는 거야. 여긴 인도니까."

베이커는 제로 하우스 밖으로 혼자 산책 나가는 것을 가급적 자제해 달라고 여러 번 고지했었다. 여기는 인도라는 사실을 잊지 말라고 했고, 남자들 무리가 있다면 절대 그쪽으로는 가지 말라고 당부했었다.

나는 내 발 옆에 있는 커다란 똥 무더기를 가리키며 이걸 한국에서는 '똥'이라고 발음한다고 알려주었다. 베이커는 발음이 예쁘다면서 "똥, 똥, 똥, 똥"을 연이어 발음했다.

약간 바람이 새는 듯한 영국식 악센트를 입은 똥 소리는 또 다른 똥처럼 들렸다. 베이커는 시몽에게도 이 말을 가르쳐줘야겠다고 했는데, 시몽이 하는 말에도 비슷한 발음이 많다는 이유에서였다.

우리가 도착한 식당 '카트만두'는 벽마다 웨스턴 부츠와 카우보이모자, 리볼버 등의 포스터가 붙은, 웨스턴 스타일의 네팔 음식을 파는 곳이었다. 매장 안에는 빠른 템포의 음악이 흘렀고, 익숙하면서도 생소한 여러 가지 퓨전 음식들을 팔았다. 나는 오리지널 햄버거와 짠맛, 단맛의 라임 소다를 시켰다. 앨리스는 왜 인도 음식이 아닌 것들에만 오리지널이 붙는지 의아해하면서도 오리지널 샌드위치를 시켰다.

알리가 앉은 맞은편 벽에는 총구가 위를 향한 리볼버 포스터가 붙어 있었는데, 알리는 그걸 보고 며칠 전 기사에서 봤다며 미국의 총기 난사 사건을 언급했다.

"우선은 미국에 총이 너무 많다는 게 문제야."

알리가 포문을 열자 모하마디는 무슬림 포비아에 대해 말을 이었다. 미군이 아프가니스탄에서 저지른 일들을 이야기할 때는 일체형처럼 보이는 곱슬머리가 심하게 흔들릴 정도로 흥분했다. 베이커도 시몽도 알리도 나도, 전쟁 포로들에게 가혹한 고문을 가했던 미군에 대한 기사를 읽은 바 있었고, 다들 한마디씩 말을 보탰다. 하지만 앨리스는 한마디도 하지 않았다.

"너도 작가잖아."

모하마디가 맞은편에 앉은 앨리스의 얼굴을 주시하며 말했다.

샌드위치를 해체해 하나씩 포크질하던 앨리스는 순간 동작을 멈추고 몇 초간 모하마디를 뚫어지게 쳐다보기만 했다. 모하마디도 피하지 않았다. 저렇게 수 초간 눈을 마주친다면 없던 감정도 생길 판이었다. 테이블에 앉은 우리 모두 그 광경을 수 초 동안 숨죽여 지켜보고만 있었다.

"그래서?"

"적어도 작가라면, 너희 나라가 그런 일을 저지른 것에 대해서 목소리를 내야 해. 말해야 해."

모하마디는 자주 이런 식으로 자신이 저널리스트임을 드러냈다.

"지금 이야기는 뭔가 잘못됐어. 너희는 지금 모두 '퍼킹

유에스에이'라고 하고 있잖아. 그런데 그게 아니지. 지금
말 나온 대로 하려면, '퍼킹 유에스에이 아미'라고 해야 맞
잖아."

앨리스는 두 손가락을 들어 따옴표를 만들어 강조했다.

"그리고 그거 알아? 작가니까 이야기하라고 하는 거, 그
거 강요야. 남의 입을 억지로 벌려서 원하는 답을 얻어내
는 거라고."

앨리스의 강변에 모두가 잠시 얼어붙고 말았다.

"나는 지금 이런 대화가 아주 불공정하고 불공평하다고
느껴."

앨리스는 냅킨으로 손을 닦으면서 다음 말을 이었다.

"그리고 무엇보다도 우리는, 작가라면 그런 묶음으로
혐오하는 것부터 멈춰야 해. 나는 식사를 마쳤어. 먼저 들
어갈게. 천천히 먹고 와. 너희는 묶음이니까."

그 말을 마치고 앨리스는 자리에서 일어났다.

"여기서 혼자 걸어가는 건 위험해. 같이 가자."

베이커가 앨리스의 손을 잡았다. 손이 잡히자 앨리스도
어쩔 수 없다는 듯 베이커의 손을 풀고 다시 자리에 앉았다.

"도대체 작가는 뭔데?"

앨리스가 뽀로통한 표정으로 쏘아붙였다.

"뭐긴 뭐야, 낭독을 위해서 겨우 존재하는 인간이지. 작가가 '없으면 낭독할 글이 없잖아. 우리 다 낭독하려고 모인 거 아니야? 자, 자, 우리 건배하자."

시몽이 소다수 잔을 들어 보였다.

"한국에서는 잔을 부딪칠 때 뭐라고 하니?"

베이커도 소다수 잔을 들어 보이며 내게 물었다.

"건, 배!"라고 말해 주자, 모두 내 말을 따라 했다.

이어 시몽이 물었다.

"한국에서는 술잔을 부딪치면서 눈을 마주치는 거에 무슨 의미가 있어?"

"큰 의미가 없을걸? 적어도 나는."

"프랑스에서는 눈을 마주치고 술잔을 부딪치는 게 잠자리하자는 의미야."

시몽이 눈썹을 한껏 올려 장난스럽게 말하자 알리가 "너무 야한 소리 아냐?"라며 배시시 웃었다.

"영국에서는 예로부터 건배를 할 때 두 술잔을 부딪쳐 서로의 술이 섞여 들어가게 했는데, 그건 술잔에 독이 들어 있는지를 확인하는 과정이었어."

"그러면 우리도 독이 들었는지 확인해 볼까?"

내 말에 모두가 소다수 잔을 들어 올렸지만 앨리스만은 끝까지 잔을 들지 않았다.

"누가 앨리스 잔에 독을 탄 거야? 참고로 나는 아니야."

모하마디가 빙글빙글 웃으며 말했다.

앨리스는 더 이상 참지 않고 자리에서 일어났다. 베이커가 모하마디에게 그러지 말라는 듯 고개를 저으며 미간을 찌푸려 보였다.

"다 먹고 와. 나는 앨리스랑 먼저 들어갈게. 그리고 모하마디, 앨리스에게 더는 모욕적인 언사를 하지 않았으면 좋겠어. 진짜 마지막으로 부탁하는 거야."

베이커는 앨리스를 뒤쫓아 나갔다.

다음 날부터 우리는 점차 식사 시간을 따로 보내기 시작했다. 앨리스가 있는 날이면 모하마디가 없었고, 모하마디가 식사를 하면 앨리스가 내려오지 않았다. 주로 앨리스가 더 많이 자리를 비웠다. 원래 그렇게 생활하는 곳이었는데 첫 일주일 동안 우리는 너무 '우리'에 의미를 부여했는지도 모른다. 의무적으로 시간을 맞춰 식사해야 할 필요를 못 느끼자 나는 볕이 환하게 들든, 바깥에서 소리가 들어오든 개의치 않고 점심까지 늦잠을 자기도 했다.

우리 모두는 각자 새로운 일정을 만들어 움직였다.

식품 상점에 갔다가 앨리스가 좋아한다는 석류를 두 개 사 왔다. 조심스럽게 칼집을 내어 껍질을 벗기고 붉은 알을 털어 접시에 담아 앨리스 방으로 가져갔다. 열린 문틈으로 빨간 석류알이 담긴 접시를 본 앨리스의 눈에 점점 눈물이 차올랐다. 나는 접시를 내려놓고 앨리스를 안아주었다.

"마미 소영."

그날부터 앨리스는 나를 '마미'라고 불렀다.

"내가 열 살 때 너를 낳은 거네."

웃자고 한 이야기지만 앨리스도 나도 웃지 않았다. 나는 앨리스의 머리를 쓰다듬으며 '나의 사랑스러운 딸 앨리스'라고 불러주었다. 그런 말을 했을 뿐인데 왠지 모르게 양육자로서의 막중한 의무와 책임이 밀려들었다. 며칠 동안 나는 완벽한 영어를 구사하지 못한다고, 소심한 동양 여자일 것이라 섣부르게 판단한 앨리스에게 조금은 불쾌한 감정을 가지고 있었다. 그런데 그런 감정을 떨쳐내기로 마음먹었다. 내가 누구인가를 증명하는 일은 내가 너와 얼마나 다른지를 규정하는 데 달린 것인지도 모르니까. 나는 이 타자와의 차이를 있는 그대로, 어떤 가치 판단 없이 수용하기로 했다.

내 마음의 기도 덕분인지 다음 날부터는 앨리스도, 모하마디도 함께 식사를 했다. 전보다 훨씬 짧은 식사 시간이었지만 우리는 처음처럼 각자의 생각을 묻고 답했다. 식사 후 정말 간단히 인디언 싱글 몰트나 킹피셔를 나눠 마시기도 했다. 내내 긴장감이 감돌았지만 거북하거나 불편할 정도까지는 아니었다.

제로 하우스의 식사 시간이 짧아질수록 102호 안에서 글을 쓰는 시간은 늘어났다. 몇 번의 수정 끝에 첫 문장을 만들었다.

사람들은 큰 느티나무 근처에 자주 모였다.

제로 하우스에 모인 작가들은 의무적으로 두 번의 낭독회에 참여해야 했다. 한 번은 벵갈루루 작가들과 기자들을 초대해 낭독하는 자리였고, 한 번은 다른 분야의 작가들까지 초대해 치르는 제법 큰 연례행사였다.

첫 번째 낭독회는 우리가 제로 하우스에 모인 지 십여 일이 지났을 즈음에 열렸다. 저녁 6시에 시작되는 낭독회 때문에 제로 하우스의 마담들은 4시부터 응접실 큰 테이블 위에 남인도식 핑거푸드를 차려냈다. 고수를 먹지 못하는 나를 위한 음식들도 따로 챙겨주었다. 나는 마담 라티의 손을 잡고 쪽 소리를 내며 고맙다는 인사를 건넸다. 역시나 마담 라티는 내 행동이 너무 재미있다며 두 손으로 얼굴을 가리고 웃었지만 어떤 언어적인 표현도 하지 않았다. 나는 그녀를 마주할 때처럼 합장을 해 보이며 감사와 존경을 표현했다. 그리고 반대쪽 손등에도 똑같이 쪽 소리가 나게 키스를 해주었다.

모든 준비는 행사 시작 20분 전에 끝났지만 아무도 제시간에 도착하지 않았다. 알리는 인도인들에게는 이른바 '인디언 타임'이라는 게 있어서 제시간에 오는 사람은 없을 것이라고 했다. 그런데 7시가 되어서도 아무도 나타나지 않았다. 그럼에도 제로 하우스에 있는 그 누구도 행사가 늦어지는 것에 조급해하지 않았다. 유일하게 나만 시간의 흐름을 가늠하고 있었다.

8시가 좀 넘어서야 온다는 이들이 다 모였고, 그제야 우리는 낭독회를 시작했다. 아직 출간한 책이 없는 앨리스와 모하마디는 미발표 글을 읽기로 했고, 그들에 비해 몇 권의 책을 낸 나와 알리는 발간했던 작품을 읽기로 했다. 알리는 연작시 세 편을 이어 낭송하기로 했고, 나는 단편소설의 한 부분을 읽기로 했다.

진행은 베이커가 맡았다. 내가 첫 번째 차례였다. 베이커는 먼저 내 소개와 더불어 내 소설의 몇 포인트를 짚어 놀라운 표현이 많은 작품이라고 과분한 찬사를 보냈다. 어쩌면 뻔한 수사인데도 가슴이 벅차올랐다. 말은 감정의 해석을 얻으면 길항작용을 한다.

이어 나와 소설에 대한 간략한 소개를 시작했다.

"나는 사우스 코리아에서 온 유소영입니다. 당신들이 보기에도 제가 참 젊죠? 당신들이 한국어를 할 줄 안다면 나를 정말 좋아하게 될 겁니다. 왜냐하면 내 소설은 꽤나 아름답거든요."

모두가 한꺼번에 웃음을 터뜨렸다.

"그러면 제 소설을 읽도록 하겠습니다. 여러분들이 한

국어를 듣고 싶어 한다고 해서, 제가 한국어로 읽고 베이커가 영어 번역본을 읽기로 했습니다. 박수를 한 번 더 쳐주시면 목소리가 더 잘 나올 것 같네요."

박수갈채가 쏟아졌다. 앨리스는 내게 엄지 두 개를 들어 보였다. 나는 눈을 찡긋하고 소설을 천천히 읽어나갔다.

삼촌은 다리 위에 차를 세우고 사과를 꺼냈어요. 초록빛이 나는 사과였어요. 삼촌은 사과 이름을 알려줬어요. 아오리. 아오리란 말이 너무 예쁘게 느껴져서 나는 사과를 씹으면서 계속 아오리란 말을 발음했어요. 한 입씩 베어 먹는 아오리 맛은 시큼하면서 달았어요. 삼촌은 사과를 좋아해요. 우리 집에 와서도 사과만 찾죠. 그래서 엄마는 냉장고에 사과를 항상 채워놔요.

내가 겨우 반을 베어 먹었을 때 삼촌은 하나를 거의 다 먹어 치웠죠. 삼촌의 입술이 길게 늘어났어요. 사과를 삼키듯이 베어 먹었어요. 삼촌은 씨방까지 잘근잘근 씹어 먹었어요. 우적대는 소리가 잠깐 거슬렸지만 그 정도는 괜찮았어요. 우리는 드라이브 중이었으니까요. 삼촌은 새 사과를 꺼내고는 입을 길게 벌렸어요. 혀가 윗입술에 붙었다 떨어지는 게 보였어요. 삼촌은 윗니를 세워 사과에 그대로 갖다 대고 찍었어요. 삼촌의 이가 들어간 부분부터 커다랗게 사과 살이

뜯겨져 나왔어요. 우적대며 사과를 씹어 먹는 삼촌의 입에서 사과즙이 튀었어요. 삼촌은 후루룩거리며 즙을 마셨어요. 사과 하나가 삼촌의 목구멍으로 들어가는 건 너무도 순식간이었어요. 내가 살을 베어 먹고 남은 걸 버리려고 하자 삼촌은 씨방만 남은 사과를 빼앗아 들고 어금니로 으깨 먹었어요. 그 순간 삼촌이 짐승 같았어요. 저절로 얼굴이 찡그려졌어요. 삼촌은 한 손으로 내 머리칼을 아무렇게나 엉키게 하면서 웃었어요. 웃느라 입이 벌어지자 사과즙이 튀었어요. 삼촌은 침을 힘 있게 들이켰어요. 왠지 모르게 삼촌의 모습이 피가 뚝뚝 떨어지는 고기를 뜯어 먹는 것처럼 보였어요. 삼촌은 다시 입을 크게 벌리고 사과를 씹었어요. 아오리 씨가 삼촌 입 밖으로 튀어나왔어요. 삼촌의 입에서 사과즙인지 침인지 모를 게 마구 튀었어요. 삼촌은 입만 있는 사람처럼 사과를 먹고 또 먹었어요. 자꾸 웃으니까 그런 거라고 면박을 줬지만 삼촌은 별로 신경 쓰지 않았어요. 그냥 계속 웃기만 했어요. 나중엔 나도 그렇게 웃었어요. 그때만은 엄마 생각은 나지 않았어요. 눈물이 찔끔찔끔 날 정도로 웃었는데 뭐 때문에 웃었는지는 모르겠어요. 삼촌이 웃음을 그치지 않았기 때문에 나도 따라 웃었던 거였어요. 사실 하나도 웃길 게 없었는데 말이죠.

내 다음 순서는 앨리스였다. 앨리스는 아직 발표하지 않은 단편을 읽겠다고 밝혔다.

"플로리다에서 온 앨리스는 지금 인도 경제를 일으키고 있어요. 파빈디아의 VIP 고객이 되었는데요. 우리 빅 쇼퍼의 소설을 다 같이 들어볼까요."

베이커는 두 손을 허공에 들어 최대한 크게 동그라미를 그려 보였다.

베이커의 말처럼 앨리스는 빅 쇼퍼였다. 뭐든 많이 샀다. 산책을 나갈 때마다 한 무더기씩 물건을 사 왔다. 파빈디아라는 브랜드가 좋다고 베이커가 소개한 후로는 우리는 줄곧 그곳에 가서 쇼핑을 했는데, 앨리스는 다 입을 수 있을지 의문이 들 정도로 많은 옷을 샀다. 내가 보기에는 거의 도매상급이었으니까. 내가 언젠가 미국에 더 싸고 좋은 옷들이 많지 않냐고 물었을 때, 앨리스는 이렇게 실키하고 얇은 면을 이 가격에 판다면 무조건 많이 사야 한다며 자신의 확고한 쇼핑 철학을 드러냈다.

베이커의 표현에 앨리스의 표정이 잠시 굳어졌지만, 그런 소개는 아무것도 아니라는 듯 금세 소설을 읽어나갔다. 2075년을 배경으로 기후 위기에 맞서 다시 원시적인 공동체를 만들어 살아가는 한 가족의 이야기를 그린 소설이었다. 소설을 다 읽고 나서 앨리스는 소설의 결말은 아직도 고민하고 있다고 밝혔다. 가족 모두가 죽는 마지막 장면만 백여 차례 고쳤다고 했다. 총 스무 개 버전의 결말이 있는데 앞으로 더 늘어날 수도 있다고 말했다.

나는 앨리스의 고민을 충분히 이해했다. 나 역시 원고 수정을 많이 하는 편이니까. 나는 앨리스 소설의 미래에 박수를 아끼지 않았다.

"우선 어떤 버전이든 출간이 되고 나면, 그 이후부터는 책이 알아서 방향을 찾아갈 거야."

내 말에 앨리스도 고개를 끄덕였다.

이어 잠시 쉬는 시간을 보낸 후 알리와 모하마디의 낭독을 들었다.

알리는 인도 전통의상인 쿠르타를 입고 금박 문양이 박힌 붉은 스카프를 오른쪽 어깨에만 걸친 차림으로 하늘과 바다, 호수가 나오는 시 세 편을 차례로 읊었다. 사이사이 속삭이듯 시 구절을 따라 읊는 사람들이 있었는데, 그럴 때마다 알리의 가슴은 웅장하게 부풀었고 목소리 톤 또한 한층 높아졌다.

알리는 내 방 맞은편 101호에 묵었다. 나와 동갑이었고,

아내와 아들 둘이 있는 이슬람교도였다. 하루에 다섯 번씩 기도를 하는지 물었을 때 알리는 그렇지 않다고 했다. 자신은 돼지고기를 종종 먹기도 하는데, 그것이 자신의 신앙 생활을 망치지 않는다고 말했다.

"물론 비공식적으로."

알리는 검지를 입술에 세워 붙이며 그렇게 말했다.

마지막 차례는 모하마디였다. 그는 인도에서 제3의 성으로 인정받은 히즈라에 대한 글을 읽었다.

나는 특히 모하마디의 낭독이 인상적이었는데, 그건 내가 히즈라에 대해 전혀 알지 못했던 이유도 있었지만, 모하마디가 가지고 있는 시선 때문이기도 했다.

모하마디는 트랜스젠더를 남성과 여성으로 나누지 않고 제3의 성으로 수용한 인도 사회를 언급하면서 여권 성별란에 제3의 성을 선택할 수 있는 나라는 캐나다, 독일, 아르헨티나와 인도 등 약 11개국에 달한다고 말했다. 모하마디는 꽤 진지하고 냉철한 표정으로 말을 이었다. 젠더는 문화가 인정하는 존재지만, 그 기준이 되는 성별 역시 남근이 있는지 없는지에 따라 구분하는 것이어서 남근 중심적일 수밖에 없었고, 또한 '젠더'를 지정하는 것 역시 의사들의 몫이라 지금까지도 의료화될 수밖에 없다고 지적했다.

모하마디는 서구에서 트랜스젠더를 성 소수자로 바라보는 반면 인도에서는 히즈라를 영적인 존재로 보는데, 그 수용 방식을 고민하게 된다며 낭독의 이유를 밝혔다. 이러한 움직임이 동성애를 정신병으로 인식하던 시대에 일어났다는 것을 고려한다면 젠더를 의학적인 차원에서가 아닌 의지를 반영해 쟁취하는 영역으로 보았다는 데 유의미한 가치를 두고 평가해야 한다고 피력했다. 더불어 모하마디는 그 성취에 한없는 박수를 보낸다며 말을 마쳤다.

박수는 한참이나 이어졌다. 모하마디는 몇 번이나 가슴에 손을 얹은 채 고개를 숙이며 자신을 향해 건너오는 박수 소리에 감사를 표했다.

모하마디까지 네 명의 작가가 낭독을 마치고, 질문을 받는 시간이 이어졌다.

제일 먼저 자신을 기자라고 밝힌 남자가 손을 들었다. 키가 큰 곱슬머리 남자는 나를 지목했다. 자신은 한국 소설 중 『채식주의자』와 『소년이 온다』를 읽었고, 그다음 나의 소설을 접했다고 했다. 특히 『채식주의자』와 내 소설 모두 몸의 묘사에 집중하고 있는 것처럼 보이는데, 그게 한국 소설의 경향인지 궁금하다고 물었다. 그리고 한국 소설 속에 드러난 정치적인 몸에 대해서 설명해 달라며 내게 마이크를 넘겼다.

한국에서는 단 한 번도 비교 대상이 되어본 적이 없었던 일이라 생각지도 못했는데, 어쩌면 당연한 일이었다. 그들이 접한 기준과 대조군이 그것뿐이었으니 말이다.

잠시 어떻게 답을 해야 하나 막막했다. 소설에 묘사된 여성의 몸에 대해 영어로 설명하기도 어려운데, 정치적인 몸이라고? 수많은 문장들이 널뛰다 못해 엉키기 시작했다. 눈앞이 하얗게 흐려질 것만 같았다.

"천사가 지나가는 시간입니다."

베이커가 좌중을 향해 농담을 던졌다. 이어 다시 한번 천천히 기자의 질문을 되짚어주었다.

나는 정신을 가다듬고, 베이커의 친절에 먼저 감사한 후에 대답을 해나갔다.

"우선, 한국에는 더 다양한 소설들이 많다는 걸 말해 주고 싶습니다. 한국 소설 중에서 가장 유명해진 소설이 한국 소설을 읽는 데 도움을 줄 수는 있을 텐데요, 그렇다고 기준이 되는 건 절대 아닙니다. 그리고 정치적인 몸에 대해서 이 자리에 오기 전까지는 한 번도 생각해 본 적이 없는데요, 조지 오웰의 말을 빌려 이야기하고 싶습니다. 저는 정치적인 것을 고려하지 않았지만, 조지 오웰의 말처럼 정치적이지 않은 글은 없다고 생각합니다."

이렇게까지 말했을 때, 기자는 고개를 갸우뚱했다.

"궁금함이 해소되지 않았죠?"

내가 되묻자 큰 두 눈을 껌뻑이며 고개를 끄덕였다.

"더 궁금한 게 있다면 제게 이메일로 보내세요."

내 말에 모두가 함박웃음을 터뜨렸다. 기자도 웃으며 손을 흔들어 보였다.

다음 차례는 모하마디였는데, 다들 젠더와 정치에 대한 열띤 토론을 이어갔다. 제대로 알아듣기 어려운 남인도식 영어가 빠르게 오가서 나는 그저 그들의 대화를 관망하며 앉아 있을 수밖에 없었다.

토론이 끝나고 낭독회에 모인 사람들은 응접실 긴 테이블에 둘러앉아 늦은 저녁 식사를 했다. 내게 질문했던 기자는 내 옆자리에 앉았는데, 내가 빙긋 웃어 보이자 그도 찡긋 눈인사를 했다. 그가 담배를 피우겠느냐고 해서 그러자고 했다.

그가 내보인 담배는 한국 담배 에쎄였다.

"이거 한국 담배네."

"내 입에는 이게 제일 잘 맞아."

"아까 내가 제대로 대답을 못 한 것 같아. 이메일 보낼 거지?"

"바보 같은 질문을 해서 미안해."

나는 그의 옆구리를 쿡 찔렀다. 그는 웃으며 담배에 불을 붙여줬다.

"나는 내가 무슨 말을 하는지 모르겠어."

내가 한국말로 뜻 모를 소리를 하자, 그 역시 힌디어로 뭐라고 말을 받았다. 우리가 뱉어낸 담배 연기처럼 그저 한 시절 허공에 오갔던 소리일 뿐이겠지.

낭독회에 참석했던 사람들이 하나둘 제로 하우스를 떠나갈 즈음, 한 여성이 말을 걸어왔다. 자신의 이름을 카리나라고 밝힌 그녀는 벵갈루루 소재 대학에서 현대 문학을 가르치고 있다고 했다. 내 소설의 일부만 접했지만 듣는 내내 '익사이팅'해서 손에 땀이 났다며 손바닥을 내보였

다. 그러면서 카리나는 내게 대학 몇 곳에서 낭독회를 할
수 있겠느냐고 물었다.

생각지도 못한 환대였다. 어떻게 반응을 이어가야 할지
몰라 나는 잠시 주춤했다.

"제게 큰 영광이 될 것 같아요."

나는 번역본으로 만든 브로슈어 다섯 권을 건넸고 카리
나의 명함을 받았다. 카리나는 각 권마다 사인을 해달라고
요청했고 나는 머쓱함을 견뎌가며 영어 사인을 해서 다시
건넸다.

다음 날 아침 식사 자리에서 베이커는 카리나의 제안을
공식화했다. 원래 예정되어 있던 두 번의 낭독회 외에, 벵
갈루루에 있는 대학 몇 곳에 초청되어 낭독할 기회가 더
생길 거라고.

"어제 낭독회에서 소영의 소설을 듣고 학생들에게도 낭
독해 주면 좋겠다고 요청을 해 왔어."

다들 고개를 끄덕이며 베이커의 말에 수긍해 줬다. 앨리
스와 알리는 내게 박수를 보냈다. 박수 리듬에 맞춰 탁탁
내 발을 건드리는 게 있었다. 고개를 숙이고 보니, 모하마
디의 맨발이었다.

"한국에서는 발을 만지면 결혼해야 해."

내 말에 모두가 모하마디의 장난을 알아챘다.

"그럼 나는 소영과 삼 일 전에 결혼한 거야. 내가 삼 일
째 발을 건드렸거든."

모하마디는 당당했다.

내가 어이없어하자 모하마디는 능글맞게 나를 좋아한
다고 말하며 소금을 뿌릴 때처럼 빙글빙글 웃음 지었다.

우리 중 모하마디가 아침마다 아내와 통화하는 애처가
라는 사실을 모르는 이는 없었다. 그런데도 모하마디는 내
게 짓궂은 장난을 치는 것이었다.

"모하마디, 나를 그렇게 좋아한다면 먼저 이혼해. 이혼
하고 오면 내가 생각을 좀 해볼게."

나도 지지 않았다.

"소영, 무슬림은 일부다처제라 난 또 결혼해도 돼. 나랑
결혼할래? 내 와이프는 한집에서만 같이 안 살면 두 번째
아내를 맞는 것도 괜찮다고 했어."

"내가 졌다, 졌어."

나는 두 손을 들어 보였다.

"모하마디, 아무튼 자꾸 내 발을 건드리면 나도 말로만

끝내지는 않을 거야. 인도 경찰의 도움을 받는 수밖에."

그제야 모하마디는 두 손바닥이 보이게 들며 그만하겠다고 말했다.

"소영, 걱정 마. 그런 일이 또 생기면 신고하는 건 내가 할게."

앨리스는 그 말을 남기고 식사 자리를 떴다.

첫 번째 낭독회가 있고 며칠 후 제로 하우스의 펀딩을 위한 대표자 회의가 열렸다. 뉴욕에서 활동 중인 인도 작가 가우리와 캐나다 기획자 제럴드, 그리고 제로 하우스의 주인 뚜룹띠와 매니저 베이커가 함께했다. 그 자리에는 앨리스도 있었다.

제로 하우스에 한 푼도 기부하지 않은 나를 비롯한 시몽, 알리와 모하마디는 통유리로 된 2층 창가에 앉아서 그들이 대화 나누는 모습을 그저 지켜보았다. 말소리까지 들릴 만한 거리였지만, 너무 아득하고 먼 풍경처럼 느껴졌다.

"못 보던 찻잔이네. 우리 식사할 때는 저런 거 본 적 없는데."

알리 말대로 평소 식사에 쓰이지 않았던 고급스러운 식

기가 테이블 위에 놓여 있었다.

"자기와 상관없는 먼 나라의 예술가들을 위해 기부하는 이들의 모임이라니, 일루미나티는 아니겠지?"

알리는 힐끔 그들을 보고는 테라스 안쪽으로 들어와 소파에 몸을 던지듯 앉았다.

"가우리는 브라만이래."

모하마디는 그럴 줄 알았다며 고개를 끄덕였다. 시몽과 마주 앉아 젠가를 하고 있던 모하마디는 조심스레 가장자리 블록 하나를 뽑아냈다.

"이제 계급은 다 없어졌잖아."

내가 반문하자 모하마디는 고개를 저었다.

"저길 보면 알잖아."

모하마디는 턱짓으로 아래를 가리켰다.

"내려다보이는데 우리가 우러러보게 되잖아, 젠장. 자본이 필요한 일에는 모두 백인과 화이트 인디언뿐이지."

시몽이 그렇게 말하고는 담배를 피워 물었다. 나는 시몽, 알리, 모하마디를 차례로 쳐다보았다.

"그래도 우리는 저들보다 컬러풀하잖아. 얼마나 유니크하니."

시몽이 나와 알리의 어깨에 팔을 얹으며 말했다.

대표자 회의는 해가 질 때까지 이어졌다. 마담 라티는 세 번이나 차를 새로 우려서 오갔고, 따룬은 가우리와 제럴드가 피워대는 담배가 수북한 재떨이를 다섯 번이나 교체해 주었다.

두 시간 정도 낮잠을 자고 나왔을 때까지도 한창 토론 중이었다. 제 방에 갔던 알리도 평소 하지 않던 기도를 두 번이나 올리고 나오는 길이라고 했다. 시몽과 모하마디는 젠가를 하면서 내내 같은 자리에 있었다.

"아직도 승부를 못 낸 거야?"

내가 물었다.

"시몽과 내기를 했어. 저들보다 더 오래 버티는 걸로."

모하마디가 말했다.

"그럼 편이 어떻게 된 거야? 저기야, 여기야?"

"둘 다, 혹은 없는 건지도. 오늘 저녁은 나머지들끼리 먹는 건가?"

와르르 무너진 젠가 블록을 다시 모으며 시몽이 물었다.

"우리는 시몽, 알리, 모하마디, 소영이야."

나는 한 명, 한 명을 짚어가며 이름을 불렀다.

"다르고 싶은 건 모두의 욕망이지만 다른 것과 다름에 격을 두는 건 또 다른 문제거든. 인간은 기본적으로 불평등에 민감해. 본능적으로 생존하기 위해 민감해진 거야."

"옳지!"

모하마디의 말에 알리가 추임새를 넣었다.

"굳이 저들만의 회의를 전시하는 이유를 모르겠다는 거지, 나는."

모하마디의 담배 연기가 길게 뿜어져 나왔다.

"다들 담배를 피워서가 아닐까?"

내 말을 듣자 모하마디는 그럴 수도 있다는 듯 고개를 끄덕였다.

그날 밤, 나는 첫 문장에 이어 한 단락을 완성했다.

사람들은 큰 느티나무 근처에 자주 모였다. 이야기를 나누고, 춤을 추고, 사랑을 키웠다. 그렇게 지내는 것이 일상이 되어가면서 사람들은 차츰 남을 의식하기 시작했다. 사람들은 모이면 모일수록 그들 가운데 주목받기를 원했다. 눈에 띄는 사람이 있으면 그보다 더 남의 눈에 들기 위해 크게 몸동작을 해 보이거나 목소리를 높였다. 힘을 과시하거나 날렵한 신체를 드러내는 것을 주저하지 않았다.

두 번째 낭독회가 있기 전, 우리는 벵갈루루 문화를 경험하는 단체 일정을 보냈다. 기관에서 정해준 일정이라 모두가 참여해야 했는데, 활동사진과 보고서를 제출해야 다음 차수 작가들을 또 섭외할 수 있다고 했다. 덕분에 우리는 한 차례 연극을 보러 시내에 다녀왔고, 대형 서점 두 곳을 돌아봤다. 단체 일정의 마지막은 벵갈루루 최대 전통시장 크리슈나 라젠드라를 방문하는 것이었다.

그날 처음 인도의 메트로를 타보았다. 우리 여섯 명은 택시 두 대에 나눠 타고 메트로까지 이동했는데 가는 길마다 사람들의 시선을 받았다. 지나던 사람들은 큰 구경거리를 만난 것처럼 멈춰 서서 우리가 지나갈 때까지 계속해서 지켜봤다.

우리 여섯 명이 탄 메트로는 혼잡하지는 않았지만 서서 가는 승객이 대부분이었다. 마침 시몽의 앞자리에서 승객 둘이 일어났고, 누가 뭐라고 하기도 전에 앨리스는 자리에 앉고는 내게 손짓을 했다. 베이커가 가 앉으라고 손으로 자리를 터주었고 나는 잠시 망설이다 그 자리에 앉았다.

KR 마켓은 인터넷으로 접했던 것보다 훨씬 더 컸다. 내가 가본 가장 큰 시장은 가락시장이었는데 그건 비교도 안

되는 압도적인 스케일이었다. 시장의 왁자한 소음 역시 귀를 무척 어지럽혔다.

우리는 과일 시장부터 걸어 들어가서 채소 시장을 거쳐 꽃 시장으로 옮겨갔다. 나와 앨리스는 꽃 시장 2층 상가에서 랑골리를 표상한 스티커를 샀다. 마담 라티가 마당에 그려 넣는 것과 비슷한 도안들이었는데 그대로 따라만 하면 나도 인도풍의 표상을 그려낼 수 있을 것만 같았다. 물론 돌아가서 얼마나 사용할 수 있을지 고민하기도 했지만, 인도만의 것을 꼭 하나는 사 가자며 앨리스와 나는 사이좋은 자매처럼 서로의 쇼핑을 독려했다.

향신료 시장을 돌아 우리가 마지막으로 간 곳은 옷감을 파는 곳이었다. 빅 쇼퍼인 앨리스가 가장 기대하던 시장이었다.

유일한 인도인인 알리는 아내에게 줄 선물을 사겠다며 따로 움직였는데, 아무리 기다려도 오지 않았다. 이미 인디언 타임을 겪은 우리였지만, 전화도 받지 않고 도착도 하지 않는 알리를 무작정 기다리자니 걱정이 되었다.

몇 번의 통화 끝에 알리와 겨우 연락이 닿았는데, 길을 잃었다고 했다. 혼자 인도인인데, 인도에서 혼자 길을 잃었다.

알리까지 모두 무사히 귀가한 그날 저녁 우리는 오래간

만에 긴 저녁 시간을 함께했다. 한동안 대화 없이 각자의 술잔을 기울였고 덕분에 싱글 몰트가 확확 줄었다.

먼저 말문을 연 사람은 나였다.

"나는 지금껏 베이커만큼 친절한 사람을 본 적이 없어."

베이커는 매너라는 게 인간으로 형상화된 그 자체였는데, 양보와 배려가 몸에 밴 그 덕분에 나도 전보다 더 주변을 살피고 양보하고 배려할 수 있었다.

"나는 전혀 그렇게 생각하지 않아. 베이커는 여자를 오히려 불평등하게 대하는 것 같아."

앨리스였다.

베이커는 차에 탈 때에도 항상 나와 앨리스를 먼저 태웠는데, 그럴 때마다 차 문을 열어주곤 했다. 앨리스는 가야즈가 열어주는 것에는 별반 반응이 없었는데, 베이커가 그럴 때마다 자신이 열겠다고 완강하게 거부 의사를 표명했다.

베이커는 고개를 끄덕이며 듣고 있었지만 시몽은 순간 버럭 화를 내며 자리에서 일어났다.

"그건 프레임이야."

베이커는 피곤한 듯 눈을 감고, 시몽의 셔츠 자락을 잡아당겼다.

"시몽, 그만해."

"뭘 그만해."

시몽은 씩씩거리기까지 했다.

"프레임이 아니야. 콘텍스트지."

앨리스는 시몽에게 쏘아붙였다.

베이커도 앨리스의 의견에 동의한다고 거들었다. 매니저답게, 평화주의자답게 상황을 빨리 정리하려는 게 내 눈에도 보였다. 급기야 시몽은 더 이상 같이 있을 수 없다며 호텔에서 자겠다고 에코백을 챙겼다. 그러는 동안에도 앨리스는 왜 프레임이 아니라 콘텍스트인지를 이야기했다.

"친절을 베풀면 그냥 받아. 너는 오늘 메트로에서 자리가 났을 때 우리들한테 양해도 구하지 않고 당연하게 앉아서 갔잖아. 나는 그런 이중성에 너무 신물이 나."

한없이 낮은 목소리였다. 시몽은 더 이상 눈썹을 움직여 보이지 않았다.

"거기까지만 해."

베이커의 목소리가 들렸다. 시몽은 현관문을 열고 나가 담배를 피웠다. 유리창 너머 정원에 서 있는 시몽을 보면서 베이커가 말했다.

"시몽이 어제 잠을 못 잤어. 아이들은 잠을 못 자면 투정이 많아져. 내가 가서 재울게. 오늘은 호텔에서 자고 싶은가 봐."

베이커가 자리에서 일어났다.

"베이커, 너는 정말 시몽을 사랑하는 것 같아. 네가 시몽을 바라볼 때 네 눈에서는 꿀이 떨어지거든."

나는 한국에서 흔히 말하는 '허니 드롭' 드립으로 분위기를 바꿔보았다. 아니나 다를까, 내 말에 베이커는 나를 와락 안아주었다.

"어쩜 너는 말도 이렇게 시적으로 하니. 정말 천재 작가야."

"그러니까 한국 대표로 왔지."

베이커와 시몽은 내게 차례로 비쥬를 해주고는 서로의 손을 잡고 제로 하우스의 흰 대문을 열었다. 우버 택시가 깜빡이를 켠 채 두 사람을 기다리고 있었다.

테이블로 돌아오자, 기다렸다는 듯 앨리스의 질문이 나에게로 향했다.

"책을 쓸 때 젠더 의식을 어느 정도 가지고 쓰고 있어, 소영은?"

"글쎄, 나는 소설 안의 캐릭터만 생각하고 글을 써. 물론 나는 여성이고 페미니스트이지만, 내 소설은 페미니스트 소설이 아니야. 굳이 말하자면 나는 페미니스트 이전에 휴머니스트 정도가 아닐까."

나는 나 자신을 가리키며 말했다.

차분히 내 말을 듣고 있던 앨리스는 실망한 기색을 감추지 않았다.

"미국에서 휴머니스트라고 하는 사람들은 페미니스트를 외면하려고 하는 사람들이 많아. 그래서 나는 휴머니스트들의 말을 믿지 않아. 거짓 공감으로 사람을 혼란스럽게만 하거든."

앨리스의 경험에서 나온 말인지, 그곳의 중론인지, 아니면 그 둘 다인지 명확히 알지 못했다. 앨리스의 휴머니스트에 대한 규정을 물고 모하마디가 말을 이었다. 바이어스가 걸린 표현이라고 지적했다.

"그거야말로 프레임이야."

이제는 마무리를 했으면 했지만 앨리스와 모하마디는 다시 여성 인권에 대해 논쟁을 벌였다. 두 사람은 합이 잘 맞는 프로 레슬링 선수들 같았다. 사전에 약속한 대로 한 치의 오차도 없이 반격하고, 또 반격을 가하면서 보는 이들의 도파민을 끝없이 자극하는, 가장 포르노그래픽한 게임에 열중한 선수들.

자정이 다 되었을 때까지도 두 사람은 개념적 정의를 따져 묻는 논쟁을 멈추지 않았다. 이어 두 사람은 미국 정치에 대한 이야기를 꺼냈다. 유니온 이야기도 나왔고, 정치적으로 어떤 견해를 가지고 있는지 이야기했다. 힐러리와 오바마, 트럼프, 바이든이 언급되었고 아프가니스탄과 탈레반까지 이야기가 확장되었다. 모하마디가 언어 행위의 정치성에 대해 말을 꺼내자, 앨리스는 주디스 버틀러로 응수했다.

나는 끼어들 수 없는 대화였다. 이론적 토대도, 언어적 표현 수단도 부족했다. 알리 역시 말이 없었다.

알리와 나는 킹피셔를 입에 가져갈 때마다 잔을 부딪쳤다. 알리는 내가 가르쳐준 '건배'를 연창하며 우리 나름의 대화를 만들어가려고 했지만, 우리 두 사람의 귀는 앨리스와 모하마디의 대화에 너무 열려 있었다. 해석할 수 없는 그냥 말, 말, 말들이었다. 어느 틈에 일어나는 것이 가장 자연스러울까. 그런 생각을 하고 또 했다.

그걸 아는지 모하마디가 내게 물었다.

"소영은 계획을 세울 때 보통 어느 주기로 잡아?"

"갑자기?"

그런 말을 하면서도 나는 얼른 대답을 해주고 일어나면 되겠다 싶었다.

프리랜서 작가의 일정은 일주일 단위로 이어지지만, 좀 더 폭넓게 본다면 월 단위로 구상하고 있으니 한 달 주기로 살고 있는 게 맞았다.

나는 그렇게 이야기를 하며 모하마디에게 되물었다.

"나는 하루 이상은 계획을 세우지 않아. 카슈미르에는 약속을 하고 돌아오지 못하는 사람들이 너무 많거든. 그래서 나는 내일의 일정도 세우지 않아."

한참 날을 세우며 이야기하던 모하마디의 처연한 목소리를 듣고 있자니 괜스레 미안한 마음이 들었다. 동시에 머릿속에는 캐스린 비글로 감독의 영화〈허트 로커〉에서 가이 피어스가 폭탄을 제거하다 사망하는 장면이 떠올랐다. 폭탄이 터지고 시멘트 가루와 분진이 날아다니는 황폐한 마을. 비명과 폭음이 잔해처럼 떠도는 이라크의 한 마을이.

"그런데 너는 돌아갈 비행기 표는 끊어놓았잖아. 네 말에는 이렇게 모순이 많아."

앨리스의 말에 폭음이 멈췄다.

"그건 또 다른 거지. 내가 집을 떠나온 거니까. 나의 일상을 이야기하는 거야. 메타포, 메타포, 콘텍스트로 봐야지! 앨리스, 뭐든 네 식대로 판단해서 말하지 마. 무슬림이 말하는 건 다 싫다 이거야?"

모하마디는 마지막 단어에 강세를 세게 주어 말했다. 두 사람은 이제 레슬링복을 벗어 던지고 서로를 향해 총구를 겨누고 있었다. 진짜 전쟁이 시작됐다.

앨리스와 모하마디는 나이가 같았다. 나와 알리는 젊은 친구들의 체력을 함께 감당할 자신이 없었다.

"내가 그날 카트만두에서 9·11을 이야기하지 않은 건 내 나름의 예의였어. 나는 묶음으로 비난하고 싶지 않았으니까. 그건 언피시하니까."

앨리스의 목소리에도 흥분한 티가 잔뜩 묻어났다.

"그런데, 이제 했네. 언피시."

모하마디는 그 말을 끝으로 잔에 남은 술을 단숨에 들이켰다. 앨리스의 얼굴이 붉게 달아올랐다. 금세 귀까지 빨개졌다.

더 이상 앉아 있을 수가 없었다. 나는 자정이 한참 지났음을 앨리스와 모하마디에게 알렸다. 그리고 이제 그만 자러 가자고 청했다. 알리도 함께 일어났다. 모하마디는 또 맨발로 내 발을 쿡 찍고는 먼저 일어선 나보다 빠르게 계단을 올라 제 방으로 갔다.

모하마디를 노려본 건 내가 아니라 앨리스였다. 이어 앨리스는 내게도 적대적인 시선을 던지고는 2층으로 올라 갔다.

두 번째 낭독회 전날은 앨리스의 생일이었고 마침 일요일이었다. 나는 우버를 타고 30분이나 멀리 떨어진 한식당에 가서 한국 쌀과 김치를 사 왔다. 동네 식료품점에서 케이크도 사 왔다. 흰 쌀밥을 짓고, 오이로 겉절이를 담그고, 만두도 쪄냈다.

앨리스와 모하마디의 격렬한 토론이 있은 후부터 우리는 다 함께 식사를 한 적이 없었다. 시몽은 남인도 해변으로 여행을 떠났고, 베이커는 처리해야 할 서류 작업이 많다고 했다. 다른 작가들과는 식당에서 마주치기도 했지만 다들 별말 없이 음식만 챙겨 제 방으로 돌아갔다.

음식이 다 되어갈 즈음 나는 모든 방에 노크를 했다. 그리고 초반에 약속했던 것처럼 함께 저녁 식사를 하자고 부탁했다. 흔쾌히 그러자고 한 사람은 여행에서 막 돌아온 시몽뿐이었다. 그래도 다들 늦지 않게 식당으로 내려와주었다.

우리는 전처럼 대화 중간중간 "앤드 유?"를 옆 사람에게 넘기며 이야기를 나눴지만 금세 말이 끊어지고 말았다. 시몽은 앨리스에게 말을 걸지 않았고, 앨리스는 모하마디가 말을 할 때면 딴청을 피웠다. 알리는 최대한 말을 아끼는 편이었고, 나와 베이커만 드문드문 대화를 이어갔다.

다시 침묵이 흘렀다.

나는 케이크를 꺼내와 앨리스 앞에 놓고 초를 꽂았다. 앨리스는 생각도 못 했던 모양인지 눈을 크게 뜨고 겸연쩍어했다.

내가 먼저 생일 축하 노래를 시작하자 모두 한목소리로 노래를 불렀다. 갈수록 목소리도, 박수 소리도 점점 커졌다. 앨리스가 초를 불어 끌 때는 언제 그랬나 싶게 와자하게 인사를 전했다.

"앨리스가 케이크를 썰어서 나눠줘."

나는 앨리스의 손에 플라스틱 칼을 쥐여주었다.

"뚜룸띠와 하시, 라티, 따룬에게도, 그리고 다른 마담들에게도 나눠줘야지?"

앨리스가 물었다.

"다 같이 나눠 먹기에는 좀 작지 않아?"

베이커는 어깨를 으쓱해 보였다.

"분배는 앨리스 몫. 단, 앨리스는 남는 걸 먹는 거야. 가장 공정하게."

모하마디의 말에 앨리스는 쥐고 있던 칼을 식탁 위에 내려놓았다. 모하마디는 소금 통을 흔들 때처럼 빙글빙글 웃고 있었다. 나는 모하마디가 앨리스를 비아냥거릴 의도로 말을 건넨 게 아니라고 믿고 싶었다. 존 롤스의『정의론』까지 들먹거리며 앨리스에게 마음의 짐을 얹어주려는 악의가 있을 거라고는 생각하고 싶지 않았다. 하지만 그런 생각을 하면 할수록 모하마디의 말이 꼬인 것처럼 느껴졌다.

"널 볼 때마다 검은 산타가 떠올라."

"좋을 대로."

모하마디는 두 손을 들어 보였다.

"소영, 나를 위해서 이렇게 저녁 자리를 만들어준 것에 감사해. 미안하지만 나는 저녁을 더 이상 함께할 수 없을 것 같아. 더 이상은."

앨리스는 내게 목례를 하고 식당을 나갔다. 모하마디 역시 만두 몇 개를 챙겨서 방으로 올라갔다.

결국 케이크는 아무도 먹지 못했다. 사 온 그대로 박스에 담아 냉장고에 넣어두었다. 언제라도 앨리스가 잘라서 나눠주길 기대하면서. 물론 케이크가 오래 버티지는 못할 테니, 앨리스가 얼른 마음을 풀었으면 했다.

그날 밤, 나는 새 문장을 덧붙였다.

사람들은 큰 느티나무 근처에 자주 모였다. 이야기를 나누고, 춤을 추고, 사랑을 키웠다. 그렇게 지내는 것이 일상이 되어가면서 사람들은 차츰 남을 의식하기 시작했다. 사람들은 모이면 모일수록 그들 가운데 주목받기를 원했다. 눈에 띄는 사람이 있으면 그보다 더 남의 눈에 들기 위해 크게 몸동작을 해 보이거나 목소리를 높였다. 힘을 과시하거나 날렵한 신체를 드러내는 것을 주저하지 않았다. 그때까지만 해도 사람들은 자신들 앞에 닥친 미래를 알지 못했다.

두 번째 낭독회는 첫 번째 낭독회보다 훨씬 큰 행사였다. 제로 하우스의 응접실은 물론 테라스까지 술과 음료, 핑거푸드가 차려졌고, 그 양과 종류도 첫 번째 행사 때와는 비교도 안 될 만큼 훨씬 많았다.

나는 파빈디아에서 산 보라색 살와르 카미즈에 녹색 슬랙스를 받쳐 입었는데, 배색이 꽤 어울렸다. 내 의상을 보고 베이커는 보라색과 녹색은 여성 혁명을 상징한다고 이야기해 줬다. 내가 캐리 멀리건이 주연한 〈서프러제트〉를 본 적이 있다고 하자 베이커는 "빙고!"라며 핑거스냅을 해 보였다.

"다음 대학 낭독회에서는 작품 전문을 읽어보면 어떨까?"

내 말에 베이커는 잠시 뜸을 들이다 말을 이었다.

"소영, 대학 낭독회는 못 할 거 같아."

"왜? 모두 취소된 거야?"

"아니, 낭독회에서는 극히 일부만 읽었잖아. 소설 전체의 내용을 읽고 나서 연락을 줬어. 소영의 소설에 공감하지만 여기 대학을 다니는 화이트 인디언들에게는 읽힐 수가 없을 것 같대. 상당히 보수적인 곳이라 성적인 표현이 나오면 문제가 될 수 있다고 말이야. 소녀가 엄마의 남자 친구와 데이트를 하는 것까지는 괜찮은데, 결정적으로 삼촌이라고 호명하는 것 때문에 안 된다고 했어. 너무 근친상간이잖아."

"그건 그냥 번역이 그런 거야. 한국에서는 실제 가족이 아니어도 그렇게 잘 불러. 문화라고. 진짜 오빠가 아니어도 나이가 많은 남자한테는 오빠라고 하고, 남편에게도 오빠라고 해. 친근한 남자 어른에게는 삼촌이라고 하고, 낯선 여자 어른에게서 모성 비슷한 감정을 느끼면 이모라고도 해. 물론 늘 그 말이 그렇게만 쓰이지는 않아도, 대체로 그렇게 많이 쓴다고. 오 마이 갓! 이걸 근친상간이라고 말한다고?"

내가 점점 흥분하자 베이커는 내 등을 살살 문질러주었다.

"모하마디의 낭독처럼 제3의 성도 수용하는 인도인데, 내 소설은 안 되는 거네. 이런 게 인도다운 건가?"

내가 듣기에도 내 목소리에는 가시가 돋쳤다.

"소영, 인도다운 건 없어. 그저 소설은 취향을 탈 뿐이야. 소영이 말한 대로 번역의 오류를 잡으면? 그러면 또 원문이 달라지지 않겠어? 초긍정의 아시안 우먼 소영답지 않게 왜 그래."

"초긍정, 내가 그런 사람이었네."

"대신."

"대신?"

"앨리스가 가기로 했어."

"앨리스가?"

"근친보다는 미완이 낫다고 하니까."

베이커의 말은 그가 내게 했던 찬양에 가까운 모든 수식을 다 무너뜨리기에 충분했다. 나를 도대체 어떻게 생각하길래, 하는 생각이 솟구쳤다. 하마터면 'How Dare You'를 소리 내어 발음할 뻔했다. 굳이 더 많은 정보를 교류하고 수많은 수식을 붙여 이해하려고 하는 것은 다름을 이해하는 방법이 아니라 다름을 구분하는 과정에 불과했다.

이미 세계의 질서는 완벽하게 고정되어 있는데, 나는 의지로 세상이 평평해질 수 있다고 믿었던 것이다. 무엇보다도 내 머릿속을 헤집어놓은 건, 차별당했다는 생각보다 거짓 공감 때문에 모든 관계가 끝났다고 선언하는 서슬 퍼런 목소리였다.

역시나 인디언 타임이 있었다. 예정된 6시보다 두 시간이 훌쩍 넘은 8시 20분에 낭독회를 시작했다. 낭독회에는 벵갈루루 지역 작가와 기자는 물론 제로 하우스에 기부하는 여러 나라 대표들도 자리했다.

이전과 다르게 나는 순서를 바꿔달라고 요청했다. 그래서 제일 마지막에 낭독하기로 했다.

마침내 내 순서가 돌아왔을 때, 나는 내 소설이 번역된 책자를 반듯하게 세워 들고는 모인 사람 그 누구도 알아듣지 못하는 한국어로 입을 뗐다.

"제 이야기를 아무도 이해할 수 없다는 걸 잘 알고 있습니다. 저는 이곳에 와서 새 소설을 쓰기 시작했습니다. 그 부분을 읽어보겠습니다."

사람들은 큰 느티나무 근처에 자주 모였다. 이야기를 나누고, 춤을 추고, 사랑을 키웠다. 그렇게 지내는 것이 일상이 되어가면서 사람들은 차츰 남을 의식하기 시작했다. 사람들은 모이면 모일수록 그들 가운데 주목받기를 원했다. 눈에 띄는 사람이 있으면 그보다 더 남의 눈에 들기 위해 크게 몸동작을 해 보이거나 목소리를 높였다. 힘을 과시하거나 날렵한 신체를 드러내는 것을 주저하지 않았다. 그때까지만 해도 사람들은 자신들 앞에 닥친 미래를 알지 못했다.

베이커는 고개를 갸웃했지만 이어 번역본을 읽었다.

다시 내 차례가 돌아왔을 때 나는 이렇게 말했다.

"저는 이곳에서 인도를 잘 모르는 인도인 알리와 친구가 되었고, 선과 악에 대한 신념과 구분이 이미 확정된 저널리스트 모하마디와도 친구가 되었습니다. 파빈디아의 앨리스는 프레임과 콘텍스트를 자주 교차해 사용합니다. 그리고 저, 소영은 더 이상 긍정적이지도, 어리지도 않습니다."

자신들의 이름이 계속해서 등장하자 작가들의 표정에 의문이 가득 떠올랐다.

"소영! 한 번 더 읽어줄래?"

모하마디가 번역 앱을 켜고 물었다. 나는 모하마디가 했던 것처럼 이가 드러나도록 웃어 보였다.

"우리에게는 적당한 말이 없어."

나는 그 말을 끝으로 인사를 하고 내 자리로 돌아갔다. 모하마디는 휴대전화를 들여다보며 내 말의 의미를 파악하려고 인상을 찡그렸다.

한때는 언어가 모든 것을 정리해 줄 수 있다고 믿은 적이 있었다. 말을 믿었고, 들은 것을 확신했다. 읽은 것들로 이해의 폭이 넓어졌고, 쓰면서 감정을 다잡았다. 말이 만들어주는 상호작용을 믿어 의심치 않았다. 내가 체험할 수 있는 경계는 그렇게 견고해졌고 그것은 꽤 오랫동안 내 세계를 지탱해 줬다. 아니, 지탱해 준다고 상상했다.

이제 나는 그 확신에서 한 걸음 벗어나 있다.

물론 이 또한 확신할 수 없다.

망고스틴 호스텔

김의경

김의경

서울에서 태어나 2014년 《한국경제》 청년신춘문예에 자전적 장편소설 『청춘 파산』이 당선되며 등단했다. 2018년 『콜센터』로 제6회 수림문학상을 수상했다. 소설집 『쇼룸』 『두리안의 맛』, 장편소설 『헬로 베이비』를 썼으며, 산문집 『생활이라는 계절』이 있다.

계단을 오를 때마다 삐걱대는 소리가 났다. 8년이 흘렀는데도 박물관에 보관된 유물처럼 이곳은 시간의 흐름이 느껴지지 않았다. 여전히 궁색하고 초라했지만 8년 전과 크게 달라지지 않았다. 병승은 코로나 덕분일 거라고 했다. 그럴듯했다. 코로나는 시간을 한동안 붙들어두었을 것이다. 코로나로 해외여행이 제한되었고, 이곳도 사람들의 출입이 이전에 비해 드물었을 테니, 낡아가는 속도를 조금은 늦출 수 있었을 것이다.

8년 전 다영은 대학 동기와 함께 태국으로 즉흥 여행을 떠난 적이 있다. 파혼한 친구를 위로하기 위해서였다. 청첩장까지 돌린 희진은 결혼식을 일주일 앞두고 갑자기 비싼 예단을 요구하는 예비 시어머니에게 결혼을 취소하겠다고 말한 뒤 잠수를 탔다. 다영은 희진의 무개념 시댁에 분개하며 그와 함께 방콕행 비행기를 탔다. 희진은 남자친구가 집 앞에 찾아올 것이 뻔하다면서, 그럼 마음이 약해질 테니 비행기를 타야 한다고 했다.

두 사람은 방콕에 도착하자마자 펍에서 술을 퍼마신 다음 다인용 호스텔 '망고스틴'에 들어가 쓰러져 잠들었다. 잠만 자러 방콕까지 간 기가 막힌 여행이었는데, 믿기 힘들 정도로 저렴했던 숙박비가 기억에 남았다. 그리고 또 하나, 맛도 생김새도 오묘한 과일 망고스틴이 떠올랐다.

이튿날 아침, 잠에서 깨어났을 때 낯선 과일 향이 방 안에 가득했다. 호스텔 곳곳에는 망고스틴을 수북이 담은 바구니가 놓여 있었다. 층고가 낮은 탓에 2층 침대 위층에 반쯤 누운 희진은 바구니에 담긴 망고스틴을 까먹고 있었다. 이거 뭔데 자꾸 들어가냐. 희진이 망고스틴을 입에 넣었다. 그러게. 맛있지도, 맛없지도 않은데 잘 들어가네. 숙박비도 싼데 놓아둔 걸 보면 이거 엄청 싼 과일인가 봐. 다영의 말에 희진이 답했다. 여기 사장 부모님이 시골에서 망고스틴 농장이라도 운영하나 보지. 희진은 배가 고프다면서 마늘처럼 생긴 과육을 통째로 입에 넣었다. 다영도 우윳빛 과일을 한입에 삼켰다. 새콤달콤한 과즙이 온몸으로 퍼지며 숙취를 달래주었다. 다영이 과일을 하나 더 들어 올리며 물었다. 그런데 이거 이름이 뭐야? 두 사람은 그때까지 그 과일과 호스텔의 이름이 같다는 사실조차 몰랐다. 비록 시설이 노후하고 위생 상태도 좋지 않은 호스텔에 묵었지만 태어나서 처음 맛본 그 과일 덕분에 상쾌한 기분으로 아침을 시작할 수 있었다.

구관이 명관이라면서 그곳으로 가자는 병승 때문에 다영은 다시 올 일이 없을 거라 생각했던 장소에 또 한 번 방문하게 되었다. 8년 전 숙박비가 얼마였는지는 정확히 기억나지 않았지만 여전히 놀라울 정도로 저렴한 금액이었다.

병승이 호스텔 로비에 붙은 안내문을 읽으며 물었다.

"그래서 그 친구는 지금 어떻게 지내?"

"1년도 안 돼서 연하 남친 만나서 결혼했어. 조상신이 도왔나 봐."

망고스틴 스티커 열 개가 붙은 방문 앞에 멈춰 선 다영이 휴대전화를 보며 말했다.

"어? 와이파이 잡히네? 8년 전에는 안 잡혔는데."

생각해 보니 그마저도 신의 뜻이었다. 와이파이가 잡혔다면 친구는 결국 메시지를 보낸 전 남친에게 설득되어 결혼식장에 걸어 들어갔을 것이다.

병승도 와이파이를 잡은 뒤 다영의 방으로 따라 들어갔다. 정면에 커다란 창문이 보였고 침대가 양쪽으로 놓여 있었다. 왼쪽에는 두 개의 2층 침대가 세로로 나란히 놓여 있었고 오른쪽에는 세 개의 2층 침대가 가로로 놓여 있었다. 창문 앞에 작은 탁자가 있었는데 8년 전처럼 망고스틴을 담은 바구니가 놓여 있었다. 방 안에는 아무도 없었다. 다영은 좁은 공간을 가득 메운 열 개의 침대를 바라보며 작게 한숨을 내쉬었다. 누렇게 변색된 이불을 내려다보는 병승에게 다영이 말했다.

"생각보다 괜찮네."

"표정은 안 괜찮은데? 마음에 안 들면 지금이라도 환불받고 처음에 가려고 했던 거기로 가자. 나는 평생 구박받고 싶지 않아."

다영이 병승의 눈을 똑바로 보며 말했다.

"정말 괜찮아. 교환 학생 온 것 같아. 외국인들하고 같은 방에서 자다니."

병승이 짜증을 내며 말했다.

"절약이고 뭐고 다 좋은데, 뒤늦게 후회할 거면 원하는 것으로 해. 돈은 돈대로 쓰고 짜증 나니까."

다영이 실눈을 뜨며 병승을 째려봤다. 연애할 때 짠돌이였던 병승은 막상 다영이 절약하기로 마음먹자 방해하느라 바빴다. 물론 다영에게도 문제가 있었다. 다영도 알고 있었다. 다영은 자발적으로 선택하고도 불평할 때가 많았다. 먹고 싶은 메뉴를 두고도 좀더 저렴한 음식을 선택한 다음 뒤늦게 후회하는 식이었다.

대출금 때문이었다. 무리해서 아파트를 매수한 후로 다영은 허리띠를 바짝 졸라매기로 했다. 정확하게는 강남 아파트 때문이었다. 고등학교 동창이 강남 아파트에 들어간 이후로 다영은 부동산 공부를 시작했고 극도의 절약을 실천했다. 그 친구처럼 부유한 부모를 두지 못한 이상, 조금이라도 삶의 질이 나아지려면 극한의 절약을 실천해서 상급지로 옮겨 가야 한다고 다영은 믿었다. 다영이 의지를 관철해 나가는 데 코로나라는 특수한 상황이 유리하게 작용했다. 사람 좋아하는 다영이 친구들을 만나지 못하게 되자

월급은 통장에 쌓여갔다.

다영이 병승의 팔짱을 끼며 말했다.

"잠만 따로 잘 뿐이지 여기 있을 건 다 있어. 위층에 공용 부엌도 있고."

"돈이 없는 것도 아닌데 왜 여기 묵어야 해?"

"6박 7일 여행이니까 이틀간은 초라해도 저렴한 숙소에 묵고 삼 일째 더 나은 곳으로 옮기면 기쁨이 훨씬 클 거야."

병승이 방 안을 둘러보며 투덜댔다.

"아무리 봐도 저렴한 것 외에 장점이 없는 곳이야. 이렇게 대충 운영하기도 어려울 거야. 특징이랄 게 없잖아."

병승의 생각에 망고스틴은 싼 맛에 하룻밤 묵을 만한 숙소였지만 두 번 오고 싶은 곳은 아니었다. 다영이 창가로 다가가더니 탁자 위 바구니에 놓인 망고스틴을 집어 들며 말했다.

"특징이 없다고? 냄새를 맡아봐. 방 안에 망고스틴 향이 은은하게 배어 있어. 이게 바로 이 호스텔만의 특징이야."

그때 앳되어 보이는 백인 여성이 들어왔고, 병승은 미안하다고 말하며 잽싸게 밖으로 나왔다.

병승은 또다시 삐거덕 소리를 내며 3층으로 올라가 공

용 부엌을 둘러봤다. 싱크대와 전자레인지, 토스터가 있었지만 가스레인지가 없고, 요리 도구도 제대로 갖춰져 있지 않아서 요리를 할 수도 없었다. 이렇게 비좁은 곳에서 식사를 하고 싶지도 않았다. 병승은 같은 층에 있는 자신의 방으로 이동했다. 병승의 방문에는 망고스틴 스티커가 여덟 개 붙어 있었다. 옆방 문에는 두 개 붙어 있는 것을 보면 2인실도 있는 모양이었다.

병승은 조용히 문을 열고 들어갔다. 8인실인데도 사람이 한 명밖에 없었다. 아래층 침대에 드러누운 남자가 병승에게 인사를 건넸다. 그는 노르웨이에서 왔다고 했다. 잠시 뒤 그의 친구로 보이는 남자가 들어왔다. 그는 병승에게 인사를 한 뒤 노르웨이에서 온 남자의 옆 침대로 들어갔다. 병승은 사다리를 타고 노르웨이 남자의 위층으로 올라가 옷을 갈아입었다.

여덟 개의 침대가 금세 채워졌다. 분명히 혼성 도미토리라고 들었는데 병승의 방에 묵는 사람들은 병승을 비롯해서 모두 남자였다. 나이도 먹을 만큼 먹었는데 낯선 남자들과 같은 방에서 자야 한다니. 어쨌든 여성 전용이 편하다며 이틀 동안 다른 방에서 묵자고 한 다영의 말대로 하길 잘했다는 생각이 들었다. 남녀 비율이 비슷하면 모를까, 하마터면 늑대 소굴에 아내를 들일 뻔했다는 생각에 아찔했다. 아래층에서 걸걸한 음성의 일본어가 들려왔다. 결혼한 지 2년 반이 지난 지금에 와서 신혼여행 운운하는 건 우스웠지만 병승은 조금 전에 본 다영이 그리웠다.

이튿날 두 사람은 하루 종일 밖에서 지냈다. 마치 그 궁상맞은 숙소에 들어가기 싫다는 듯이 손을 잡고 이리저리 쏘다녔다. 그 방은 자러 들어가는 곳이라는 듯이. 사실 누추한 숙소 따위는 까맣게 잊을 정도로 즐거웠다. 병승은 처음 만난 방콕에 정신을 빼앗겼고, 두 번째였지만 처음이나 마찬가지인 다영 역시 방콕의 매력에 빠져 매 순간 즐거웠다.

두 사람은 여행 유튜버가 추천한 '당일치기 방콕 여행 코스'를 따라 했다. 우선 유명하다는 룸피니 공원에 가서 자전거를 탔고 방콕에서 반드시 가봐야 할 명소라는 왓 프라깨우 왕실 사원을 방문했다. 복장 규정이 엄격해 민소매 차림은 안 된다는 말에 다영은 병승이 입고 있는 남방을 벗겨서 걸친 뒤 안으로 들어갔다. 예의를 지켜야 하는 그곳에서 다영과 병승은 몰래 키스를 한 다음 잡혀갈까 봐 가슴을 졸였다.

왓 프라깨우에서 나온 병승은 다리가 아프다는 다영을 등에 업고 걸었다. 다영은 그제야 신혼여행을 왔다는 사실이 실감 났다. 남편의 등에 업힌 것이 대체 얼마 만인지. 연애 시절 병승은 술에 취하면 다영을 업고 달리곤 했다. 다영은 인력거를 탄 것처럼 신이 나면서도 아슬아슬했다. 병승 씨, 조금만 천천히. 그러다 넘어져. 여기서 신호등 건너. 다영은 정신을 다잡고 속도를 조절했다. 사랑이란 그런 거라고 생각했다. 누군가가 자신을 위해 등을 내주면 위에서 정신을 차리고 방향을 지시하는 것.

대형 쇼핑몰 아이콘시암을 두 바퀴 돌며 이것저것 들었다 놓았다 하던 다영은 원피스를 한 벌 구입한 다음 밖으로 나가자고 했다. 두 사람은 쉼 없이 과일과 음료를 먹었다. 자꾸만 배가 꺼져서 길에서, 카페에서 사서 손에 들고 걸으며 먹었다. 간식으로는 모자라 한 끼도 거르지 않고 길거리 포장마차에 들어가 고수가 들어간 요리를 감탄하며 먹었다. 다영이 똠얌꿍을 하나 더 시키며 말했다.

"한국에도 이런 포차 거리가 많았으면 좋겠다."

병승이 볶음밥에서 고수를 골라내 앞접시에 놓으며 말했다.

"레스토랑에서 비싼 거 먹어도 되는데."

다영은 병승이 골라낸 고수를 젓가락으로 집어 입에 넣으며 말했다.

"길거리 음식도 이렇게 맛있는걸? 마지막 날에는 비싼 식당에 가자. 그거면 돼."

태국의 길거리 음식은 한 끼 식사로 손색이 없었다. 다영은 여행 가이드북에 나온 가게와 시장을 돌아다니는 것만으로도 즐거웠고 병승은 그런 다영을 지켜보는 것만으로 좋았다. 병승에게 주어진 일은 연애할 때 그랬듯이 쇼핑하는 다영의 곁에서 대신 선택해 주는 쇼핑 보조 역할뿐이었다. 다영은 이제 쇼핑을 그만하자는 병승을 졸라서 창고를 개조해 만든 야시장 아시아티크로 이동했다. 그곳에서 다영은 첫눈에 마음에 든 라탄 슬리퍼와 라탄 가방을 샀다. 그리고 지인들에게 줄 기념품으로 코끼리가 그려진 파우치를 몇 개 구입했다. 다리가 아프다면서도 한참 시장 구경을 하던 다영은 밤 9시가 되어서야 하품을 하면서 숙소로 돌아가자고 했다.

두 사람은 편의점에서 맥주와 안줏거리를 사 들고 허름한 숙소의 계단을 올랐다. 삐거덕 소리가 나자 다영은 자정을 앞둔 신데렐라처럼 풀이 죽었다. 잘 자라고 2층 복도에서 인사를 나눌 때 병승은 다영을 기숙사에 데려다주던 시절을 떠올렸다. 다영은 그 시절처럼 아쉬워하는 병승에게 손을 흔들며 내일 보자고 말하고는 열 개의 망고스틴 스티커가 붙은 방문을 열었다.

숙소 안으로 들어간 다영의 귀에 스페인어가 들려왔다. 최근에 스페인 영화를 보지 않았더라면 그 언어가 스페인어라는 사실을 몰랐을 것이다. 창문과 가장 가까운 왼쪽 침대 1층에 엎드린 여자가 스페인어로 전화 통화를 하고 있었다. 그 여자 건너편으로 커튼이 쳐진 1층 침대에서는 코 고는 소리가 작게 들려왔다. 그 위 2층 침대에는 앞머리에 헤어롤을 만 앳되어 보이는 여학생이 누운 채로 망고스틴을 먹고 있었다. 8년 전 다영의 친구 희진이 그랬던 것처럼. 그녀는 파마 머리를 허리까지 길게 늘어뜨린 옆 침대 친구에게 망고스틴을 까서 건넸고, 친구는 참새처럼 그것을 받아먹었다. 다영은 망고스틴처럼 피부가 맑고 투명한 그들과 눈인사를 한 뒤 화장실로 들어가 양치를 마치고 자신의 자리인, 파마 머리 아래 침대에 그대로 누웠다. 다영은 병승에게 내일 아침 모닝콜을 해달라고 메시지를 남긴 뒤 이불 속으로 들어갔다.

졸음이 밀려와 눈이 감기려는 순간 낯익은 언어가 들려왔다. 다영의 위쪽에 누운 두 여학생이 한국어로 대화를 나누고 있었다. 병승의 목소리가 아닌, 낯선 나라에서 들려온 한국어는 낯익은 악기 소리 같았다. 스페인어와 한 번도 들어본 적 없는 외국어가 방 안에 떠다녀서 더 그랬다. 학생들은 별것 아닌 일로 크게 웃었다. 주된 화제는 아르바이트, 소개팅, 데이팅 앱 같은 그 나이대 학생들이 관심 가질 법한 이야기였다. 그들의 입에서 '개새끼'라는 말이 여러 번 나왔는데도 귀여운 말투 덕분인지 욕을 하는 것 같지 않았다.

새벽 시간, 다영은 잠에서 깼다. 누군가 열어놓은 문틈으로 빛이 새어 들어오고 있었다. 다영은 화장실에 들렀다가 물을 마시기 위해 공용 부엌으로 향했고 그곳에서 '그들'과 마주쳤다. 그들은 식탁에 코코넛칩과 마른 과일을 펼쳐놓고 맥주를 마시고 있었다. 자리에서 일어난 그들은 삼각대에 휴대전화를 고정하고는 음악에 맞춰 춤을 추며 자신들의 모습을 촬영했다. 다영은 잠시 숨어서 그들을 엿보다가 헛기침을 하며 안으로 들어가 물을 마신 다음 침실로 돌아왔다.

　이튿날 아침, 다영은 카카오톡으로 병승에게 숙소를 옮기자고 말했다. 병승은 이틀밖에 버티지 못할 거 애초에 왜 이곳을 고집했냐고 말했지만 속으로는 쾌재를 불렀다. 다른 건 참아도 퀴퀴한 냄새가 나는 침구는 불쾌했다. 병승은 다영에게 얼른 짐을 싸서 나오라고 했다.

　병승은 호스텔 앞에서 그랩을 열고 택시를 불렀다. 널리 알려진 호텔인지 택시 기사는 쉽게 길을 찾았다. 걸어와도 되었을 만큼 가까운 거리였다. 택시가 호텔 정문에 도착하자 다영은 잽싸게 차에서 내리더니 캐리어를 버려둔 채 안으로 뛰어 들어갔다. 병승은 다영의 캐리어를 끌고 말없이 뒤를 따랐다.

　다영은 호텔 로비에 들어서자마자 기분이 좋았다. 레지던스형 호텔은 전체적으로 밝은색으로 꾸며져 있었고 먼지 하나 떠다니지 않았으며 인터넷 여행 카페 회원이 말한 대로 좋은 향기가 났다. 다영은 로비에 가득한 피톤치드 향을 깊게 들이마시며 보폭을 크게 벌렸다. 성큼성큼 앞으로 나아가 좌우를 두리번거리며 너무 좋다고 말하는 다영을 보는 병승의 얼굴에도 미소가 떠올랐다.

체크인을 하고 방을 찾아가는 동안 다영은 콧노래를 흥얼거렸다. 병승이 엘리베이터에 올라타며 물었다.

"그렇게 좋아?"

"응. 생각했던 것보다 훨씬. 솔직히 인터넷 평점이 좋아도 실제와 다른 경우가 많아서 걱정했거든."

병승이 보기에는 너무 좋다고 감탄할 만한 호텔은 아니었지만, 어제 묵었던 숙소와 비교가 되어 다영의 눈에는 실제보다 더 멋져 보이는 듯했다. 다영은 여행 오기 한 달 전부터 매일 밤 컴퓨터 앞에 앉아 저렴하면서도 좋은 숙소를 찾았다. 미리 계획을 세우지 않으면 바가지를 쓸 거라면서, 야근을 마친 뒤 집에 돌아와 하품을 하면서도 검색했다. 병승은 코로나로 결혼식도 소규모로 치렀으니 숙소는 비용을 생각하지 말고 마음에 드는 것으로 고르라고 말했지만, 다영은 매달 나가는 대출금을 들먹이며 자신에게 맡기라고 했다.

다영의 마음가짐은 신기할 정도로 결혼 전과 달라졌다. 결혼 전에 병승이 쇼핑 중독을 지적했을 정도로 다영은 낭비벽이 심했다. 결혼식 당일만 해도 다영은 비대면 결혼식을 했으니 코로나가 끝나자마자 신혼여행은 최대한 럭셔리하게, 최고급으로 다녀와서 평생의 추억거리로 남길 거라고 했다. 그런 다영이 신혼 아파트에 들어가자마자 자신이 구독하는 부동산 유튜버의 조언을 철저히 따르기 시작했다. 다영은 여행지에서 쓰는 돈은 거품 같은 거라고 했다. 자식에게 좀더 나은 삶을 물려주고 싶다고 했다. 먼 훗날 고급 아파트에서 비대면 결혼식과 살뜰하게 다녀온 신혼여행을 추억할 거라고 했다.

병승은 그즈음의 자신과 다영은 어떤 모습일까 상상했다. 병승은 반백의 머리가 멋스러우면서도 능글맞은 남편이 되어 있고 다영은 여전히 처녀 시절의 몸매를 간직한, 도저히 할머니로는 보이지 않는 우아한 아내가 되어 고층 아파트에서 한강을 내려다보고 있을까. 아니다. 돈 한 푼에 벌벌 떠느라 인색한 노부부가 되어 있을 가능성이 컸다.

다영이 도어록에 카드키를 갖다 대려다가 손을 거두며 말했다.

"지난 이틀은 기억에서 삭제해. 오늘이 첫날밤이야, 알았지?"

병승이 느끼한 눈빛으로 첫날밤이 아니지 않냐고 되묻자 다영이 병승의 등을 살짝 때리며 말했다.

"코로나가 우리의 첫날밤을 앗아 갔잖아. 물론 신혼여행의 첫날밤은 아니지만 첫날밤인 것처럼 보내자는 거야."

요즘 같은 세상에 신혼여행지에서 첫날밤을 보내는 사람이 있는지는 모르겠지만 병승도 여행지에서의 첫날밤에 대한 추억이 없는 것은 서운했다. 다영이 원한다면 신부를 들어 올려 문지방을 넘는 유치한 짓도 해줄 생각이었다. 오랜 연애 기간을 거쳤지만 병승은 여전히 신혼 분위기에 휩싸여 있었고 방콕 여행이 코로나로 인한 스트레스를 풀어주리라는 기대감을 품고 있었다.

객실 문을 열고 안으로 들어선 다영의 입에서 감탄사가 흘러나왔다. 방 안에서는 좋은 냄새가 났고, 불을 켜지 않았는데도 눈이 부실 정도로 환했다. 병승은 숨을 한 번 들이쉰 다음, 다영을 번쩍 들어 올렸다. 그러고는 햇빛이 환하게 들이치는 방 안으로 성큼성큼 걸어 들어가 새하얀 침대 시트 위에 내려놨다. 다영은 깔깔대면서 오글거린다고 하더니 금세 표정을 바꾸어 울상을 지으며 말했다.

"모두 때가 있는 건데 결혼식 마치고 국내 여행이라도 갔어야 했어. 코로나 때문에 누구나 한 번 가는 신혼여행의 기회를 강탈당했어."

병승의 생각은 달랐다. 신혼여행은 가지 못했지만 병승과 다영만의 고유한 신혼 첫날밤이 엄연히 존재했다. 양가 상견례를 할 즈음 코로나가 시작되었고 결혼식이 미루어졌다. 코로나가 잠잠해지기를 기다렸지만 확진자 수는 점점 늘어갔다. 이러다가 결혼을 못 하겠다 싶어서 어쩔 수 없이 비대면 결혼식을 올렸다. 사회적 거리 두기가 2단계로 격상되면서 결혼식 하객 수가 제한되는 바람에 가까운 친지만 초대해서 간신히 식을 치렀다. 한 사람이라도 줄이기 위해서 주례는 신랑 신부의 셀프 서약으로, 축사도 미리 촬영한 동영상으로 대체했다. 유튜브로 결혼식 장면을 생중계했고 결혼식에 오지 못한 친구들이 그 영상을 시청하면서 실시간으로 메시지를 보냈다.

결혼식을 마치고 양가 부모님의 위로와 덕담을 들은 뒤 신혼집으로 돌아와 소파에 나란히 누워 맥주와 치킨을 먹으며 넷플릭스를 보다가 잠들었던 신혼 첫날밤은 평생 잊지 못할 특별한 기억이었다. 마스크를 쓴 하객들과 찍은 결혼식 단체 사진은 지금 봐도 웃음이 나왔다. 내성적인 성격 탓에 결혼식에 부를 사람이 많지 않았던 병승은 오히려 소규모 결혼식이 편했지만, 친구들에게 인기가 많은 다영은 서운해했다. 병승은 나중에 아이가 태어나 결혼할 사람을 데려온다면 자신들의 독특한 결혼식에 대해 이야기해 줄 생각이었다. 하지만 다영의 기억이 그렇지 않다면 병승이 그날을 특별하게 기억한다고 해도 의미가 퇴색될 터였다.

왼쪽 방문을 열고 들어간 다영이 큰 소리로 말했다.

"병승 씨, 이리 와봐. 여기 밥도 해 먹을 수 있어. 식사비 아낄 수 있겠다."

방 안으로 들어간 병승의 얼굴이 밝아졌다. 전기 플레이트와 싱크대, 다양한 조리 도구를 갖춘 세련된 취사 공간은 망고스틴의 공용 주방과는 비교가 안 되었다. 병승이 스테인리스 전기 포트에 물을 넣고 버튼을 누르며 말했다.

"방이 두 개고 연식이 오래돼서 그런지 가정집에 놀러 온 것 같네."

조식까지 나온다니 더 이상 바랄 것이 없었다. 아침에는 뷔페식당에서 조식을 먹고 저녁에는 이곳에서 간단한 식사를 만들어 먹으면 될 것 같았다. 병승은 평수가 작은 서울의 아파트 때문에 이 공간이 더욱 마음에 들었다. 창가로 다가간 병승이 창밖을 내다보며 말했다.

"수영장이 멋지네."

다영이 병승의 옆으로 다가와 말했다.

"그렇지? 완벽해. 우리, 마지막 날까지 여기서 지내자."

병승은 드넓은 수영장에서 다영과 단둘이 헤엄치고 싶었지만 이미 어떤 사람들이 수영장을 차지한 상태였다. 두 명뿐이었지만 저들과 함께 수영을 하기는 쉽지 않을 것 같았다. 그들은 그저 물놀이를 하는 것이 아니라 고강도의 운동을 하듯이 빠른 속도로 수영장을 누비고 있었다. 다영이 여자들을 내려다보며 말했다.

"쉴 새 없이 도네. 저 친구들 몇 살일까?"

병승이 고개를 갸웃거리며 답했다.

"대학생 같지 않아? 우리보다 열두 살은 어릴걸."

"그렇게나?"

다영은 코로나 때문에 금세 나이를 먹은 것 같았다. 다영은 서른한 살에 동갑내기 병승을 만나 3년간 열애를 하다가 결혼을 결심했고 갑자기 시작된 코로나로 1년을 더

기다려 결혼식을 올렸다. 코로나가 끝나면 신혼여행을 가기로 하고 시간을 견디는 동안 또 나이를 먹어서 어느새 서른일곱 살이었다. 다영은 수영장을 내려다보며 시간을 흘려보낸 건 저 학생들도 마찬가지일 거라고 생각했다. 저렇게 젊은 한때를 코로나로 긴 시간 움츠려 지내면 어떤 기분이 들까. 다영이 고개를 앞으로 내밀며 말했다.

"쟤네들, 그 애들인 거 같은데? 어제 같은 방에 묵은 애들."

병승이 리모컨으로 텔레비전을 켜며 말했다.

"저 친구들도 그 숙소가 마음에 안 들었나 보네."

병승의 말이 끝나기도 전에 다영은 잠시 호텔을 둘러보고 오겠다고 말하며 밖으로 나갔다.

두 여자는 물 위로 올라와 쉬고 있었다. 두 사람은 이마 위에 얹어놓은 노란색 물안경을 벗어 선베드에 올려놓고 서로의 사진을 번갈아 찍은 다음 사진이 잘 나왔나 확인했다. 두 사람 모두 키가 컸지만 스타일은 확연히 달랐다. 쇼트커트가 잘 어울리는 여자는 작은 얼굴에 눈코입이 오밀조밀 모여 있는데 수줍게 웃을 때마다 볼우물이 파여 사랑스러웠고, 이목구비가 큼지막한 여자는 뽀글뽀글한 파마 머리가 촌스럽기는커녕 세련된 분위기를 자아냈다. 다영은 쉴 새 없이 대화를 나누다가 고개를 젖히고 웃는 여자들에게 다가가 살갑게 말을 붙였다.

"저, 혹시 한국 분들이세요?"

쇼트커트가 눈을 크게 뜨며 말했다.

"한국인이세요? 우리 태국에 온 지 열흘째인데 한국 사람 처음 만났어요."

파마 머리가 쇼트커트에게 말했다.

"정말 그렇네. 태국에는 한국인이 많다고 들었는데 일본인, 중국인은 봤어도 한국 사람은 이 언니가 처음이야."

두 사람은 '언니'라고 스스럼없이 부르면서도 다영을 기억하지 못하는 것 같았다. 다영도 웃으며 말했다.

"저도 그래요. 태국 와서 한국 사람 처음이에요. 타투 예쁘네요."

두 사람 모두 오른쪽 어깨에 타투를 새기고 있었다. 파마 머리가 고개를 돌려 자신의 어깨에 핀 붉은 장미를 보며 말했다.

"여기 오기 전에 한국에서 했어요."

다영이 쇼트커트의 어깨를 손가락으로 가리키며 물었다.

"그건 뭐예요?"

"버들치요."

파마 머리가 쇼트커트에게 말했다.

"버들치 새겨달라고 하니까 타투이스트 언니 엄청 당황했지."

"그런 게 있는 줄도 몰랐대. 인터넷에서 찾아보고 새겼잖아."

쇼트커트가 왼손으로 오른 어깨의 버들치를 잡듯이 감싸며 말했다.

"어릴 때 시골 할머니 집에 가면 버들치 잡으며 놀았어요."

어쩌면 저리 자신들에게 잘 어울리는 문양을 골랐을까. 붉은 장미를 새긴 파마 머리는 웃을 때 장미가 만개한 것처럼 활기가 넘쳤고, 버들치를 새긴 쇼트커트는 말을 할 때마다 수줍어하며 몸을 떨어 어깨 위의 버들치 비늘이 반짝이는 것 같았다.

"그런데 무슨 수영을 그렇게 오래 해요? 방에서 봤는데 쉬지 않고 계속 돌더라고요."

다영의 물음에 장미가 답했다.

"너무나 운동을 하고 싶었거든요."

다영이 무슨 뜻인지 모르겠다는 표정을 짓자 버들치가

말했다.

"저희가 휴학하고 쉬지 않고 알바를 했어요. 운동할 시간도 없어요."

장미가 말했다.

"재수해서 대학 들어갔는데 입학하자마자 비대면 수업을 하니까 너무 답답하더라고요. 캠퍼스 한번 밟아보지도 못하고 억울하잖아요. 졸업한다고 해서 취업이 쉽게 되는 것도 아니고요."

"너무 수영을 잘해서 수영 선수인 줄 알았어요."

버들치가 얼굴을 찡그리며 "정말요?" 하더니 장미에게 말했다.

"야, 우리 티 나나 봐."

"티 나는 거 싫은데."

두 사람은 마주 보고 웃었다. 장미가 다영에게 말했다.

"저희가 수영장에서 만났거든요. 초등학교 때 수영 시작했어요."

버들치가 왜 그런 소리까지 하느냐는 눈빛을 보내자 장미는 '뭐가 어때서?' 하는 표정으로 말했다.

"얘는 어깨 부상으로 그만뒀어요. 저는 얘 따라서 그만

됐고요."

"정말? 나는 너 때문에 수영 시작한 거였어."

"진짜? 그래서 그렇게 쉽게 그만둘 수 있었구나."

"쉬운 건 아니었지만. 나는 수영 그만두고 수영이 더 좋아졌어."

"나도. 난 이렇게 가끔 취미로 즐기다가 물속에서 죽고 싶어. 여기가 우리 아지트니까."

"우리 알바한 돈 다 사라질 때까지 놀다 가자."

두 사람은 '정말'과 '진짜'가 반복되는 대화를 몇 번 더 주고받았다. 버들치에게 물을 끼얹은 장미가 물속으로 들어가자 버들치도 잽싸게 물속으로 뛰어들었다. 두 사람은 꼬리를 잡듯이 서로 쫓고 쫓기며 바짝 붙어 수영을 했다. 다영은 물고기 두 마리의 움직임을 눈으로 좇으며 콧노래를 불렀다. 두 사람은 물속에서 '티'가 났다. 보통 사람과는 다른 존재라는 티가. 두 사람은 수영을 하는 것 같지 않았다. 그냥 물고기 같았다. 한 시간 동안 쉼 없이 수영을 하던 그들이 물 밖으로 나왔다. 수건을 들고 얼굴을 닦던 장미가 다영을 발견하고 말했다.

"언니, 아직 안 갔어요?"

다영이 자리에서 일어나며 말했다.

"이제 가려고요. 참, 이름이 뭐예요?"

"전 강예나, 얘는 안지유요."

"나는 손다영."

예나가 다영에게 휴대전화를 건네며 사진을 찍어달라고 했다. 두 사람은 어깨동무를 하며 포즈를 취했다. 다영이 휴대전화를 돌려주며 말했다.

"수영 더 해요. 난 이만 올라가볼게요."

두 사람은 다영의 말이 끝나기도 전에 물속으로 첨벙 뛰어 들어갔다.

호텔 방으로 돌아온 다영은 병승에게 지유와 예나 이야기를 들려줬다.

"방콕에 온 지 열흘쯤 됐나 봐. 안됐어. 대학생 같은데 코로나 때문에 캠퍼스 생활을 제대로 못 해봤을 거 아니야. 대학생이 캠퍼스 라이프를 즐겨야지."

"생각하기 나름 아닐까? 어떻게 보면 전무후무한 추억이 남은 셈이잖아. 자신만의 가상 캠퍼스가 각자의 머릿속에 존재하겠지."

자주 온라인 게임 속에 들어가 있는 병승다운 답변이었다. 다영은 병승에게서 휴대전화를 억지로 뺏으며 말했다.

"여기까지 와서 이럴 거야? 가상의 세계에서 얼른 빠져나와."

결혼 전이었다면 큰 싸움이 벌어졌을 거다. 한국에 돌아가자마자 헤어졌을지도 모른다. 팬데믹을 통과한 2년 6개월은 다영에게 인내라는 선물을 주었다. 좁은 아파트에서 싸우면 도망칠 곳도 없었다. 싫건 좋건 서로 인내해야 생존할 수 있었다. 코로나를 통과하면서 화를 내지 않고도 남편의 행동을 변화시킬 수 있는 소소한 팁 정도는 얻었다. 물론 다영만 참는 건 아니었다. 병승은 다영의 쇼핑 중독을 눈감아줬고 결혼 전에 생긴 다영의 카드빚도 갚아줬다. 신혼 초, 다영은 카드빚을 숨기고 결혼했기에 전전긍긍했다. 이실직고했을 때 병승은 대수롭지 않다는 듯 왜 진작 말하지 않았느냐고, 지금이라도 말해 줘서 고맙다고 했다. 병승은 코로나 때문에 돈을 쓸데가 많지 않다면서 그 자리에서 다영의 카드빚을 갚아줬다.

코로나는 다영과 병승에게 특별한 기억을 남겼다. 병승이 코로나에 걸려 집에서 격리 생활을 할 때 다영은 친정에 가 있었다. 늦은 밤 홀로 격리된 병승과 영상 통화를 하면서 다영은 친정집에서 하염없이 울었다. 다영은 남편을 두고 떠날 때 죄책감을 느꼈다. 병승과 함께 쓴 "이 마음 이대로 영원히, 어떤 고난과 행복도 당신과 함께하겠습니다"로 끝나는 결혼 서약서의 잉크가 마르기도 전에 나만 살겠다고 도망친 것 같았다.

창문가로 다가간 다영이 병승에게 말했다.

"쟤네들 아직도 수영을 하네. 젊음이 좋긴 좋다."

저렇게 젊고 활기가 넘치니 번 돈을 모조리 여행지에서 써버려도 괜찮을 것 같았다. 병승이 피식 웃으며 말했다.

"누가 들으면 우리가 노부부인 줄 알겠다. 우리도 아직 청춘이야. 쟤네들하고 나이 차 얼마 안 나."

그 말도 맞는 말이었다. 하지만 다영은 저 아이들 때문에 갑자기 늙어버린 것 같았다. 안 그래도 코로나 때문에 억울하게 나이를 먹어버린 기분이었는데 한참을 갇혀서 지낸, 다시는 돌아오지 않을 신혼을 여행하는 내내 곱씹을 것 같았다. 게다가 더 이상은 저 아이들처럼 해맑게 살 자신이 없었다. 다영은 하마터면 지유와 예나에게 힘들게 번 돈을 여행지에서 다 써버리지 말라고, 허리띠를 졸라매고 작은 평수 아파트라도 하나 매수하라고 말할 뻔했다. 왠지 꼰대가 되어버린 것 같았다. 대출금을 갚으려면 30년 동안 허리띠를 졸라매야 했다. 대출금을 다 갚은 이후에나 편한 마음으로 해외여행을 떠날 수 있을 것이다. 따라서 이번 여행은 다영 부부에게 젊은 시절의 마지막 해외여행이 될 수도 있었다.

저녁을 먹은 뒤 함께 수영을 하자는 다영에게 병승이 말했다.

"나는 할 일 있으니까 혼자 다녀와. 일주일이나 있을 건데 일도 좀 해야지. 대출금 갚아야 하잖아."

다영은 병승을 한 번 째려본 뒤 수영복을 챙겨 수영장으로 내려갔다. 그들은 여전히 물속에서 헤엄치고 있었다. 깊이 잠영한 그들은 오래도록 수면 위로 올라오지 않았다. 물속 깊은 곳에서 함께 붙어 다녔다. 은은한 조명 때문이었을까. 밤에 본 그들은 버들치 같았다. 맑은 물에서만 산다는 버들치처럼 신비롭고 해맑았다. 다영은 물에 발만 담근 채로 물장구를 치며 생각했다. 버들치는 무리 지어 생활한다는데 어쩌다가 두 마리만 떨어져 나왔을까. 다영은 물에 들어가서 함께 헤엄칠까 생각했지만 방해하고 싶지 않았다. 물에서 노니는 그들을 홀린 듯 내려다보다가 자리에서 일어나 호텔 방으로 돌아왔다.

늦은 밤, 산책을 하려고 호텔 방문을 열고 나간 다영은 화들짝 놀랐다. 예나가 다영의 방 앞에 서 있었다.

"여기서 뭐 해요?"

술을 마셨는지 얼굴이 불콰한 예나가 자세를 바로 하며 말했다.

"소화가 안 돼서 좀 걸었어요. 언니 방 여기예요?"

다영이 고개를 끄덕이자 예나가 다영의 손을 잡으며 말했다.

"언니, 맥주 한잔할래요?"

다영이 답하기도 전에 예나는 기다란 팔을 흔들며 앞서갔다. 성큼성큼 걸어 가장 끄트머리 방 앞에 멈춰 서더니 문을 두드렸다.

문을 연 지유도 볼이 발갰다. 다영은 지유와 예나를 따라 안으로 들어갔다. 방 안에 들어서자마자 식욕을 자극하는 향신료 냄새가 났다. 짐작대로 테이블 위에 빈 맥주병이 다섯 개 놓여 있었다. 다영이 식탁에 차려진 엄청난 양의 음식을 보며 물었다.

"이 많은 걸 둘이 다 먹을 수 있어요?"

지유가 다영에게 맥주를 따라주며 말했다.

"그럼요. 이 정도는 먹어야 수영하죠. 우리가 그걸 또 되게 좋아하거든요. 달밤에 체조."

다영이 웃으며 말했다.

"수영을 더 하겠다고요? 그럼 음주 수영인데."

예나가 답했다.

"돈이 떨어져서 여기 며칠이나 더 묵을 수 있을지 몰라서요. 옮기기 전에 실컷 해야죠. 며칠 있다가 더 싼 곳으로 옮기려고요."

"방콕에는 저렴한 숙소가 많은가 봐요."

"이렇게 싼데 있을 건 다 있구나 싶은 숙소가 많아요. 여기는 서울보다 물가가 싸서 과일만 먹고도 1년은 버틸 수 있어요."

지유가 예나의 옆구리를 찌르며 말했다.

"고기 먹으면서 그런 소리를 하나. 과일만 먹는 건 무리고 망고찰밥빙수면 가능할 거 같아."

"1년이나 있으려면 알바한 돈 다 쓰겠네요."

예나가 말했다.

"그러려고 돈 번 건데요, 뭐. 1년 동안 미친 듯이 일하고 1년 동안 해외에서 보내려고."

지유가 덧붙여 말했다.

"고등학교 때부터 약속한 거예요. 어쩌면 평생 그런 시간을 갖지 못할지도 모르니까요."

다영은 지유와 예나가 부러우면서도 1년은 너무 길지 않은가 생각했다. 다영이 커다란 그릇에 놓인 음식을 가리키며 무슨 요리냐고 묻자 지유는 그냥 즉석에서 만든 음식이라고 했다. 고수와 고기, 야채로 만든 태국식 소고기덮밥이라고 했던가. 다영이 지유가 건넨 그릇을 깨끗이 비우며 말했다.

"맛있어요. 식당 차려도 되겠어요."

지유가 옆에 앉은 예나의 팔뚝을 살짝 꼬집으며 물었다.

"얘기했어? 우리 식당 창업하기로 한 거."

예나가 고개를 저으며 말했다.

"아니. 네가 요리를 그만큼 잘한다는 뜻이지."

다영이 맥주를 한 모금 마시며 말했다.

"식당 창업하려고요?"

지유가 목소리를 낮춰 말했다.

"사실은 태국 요리 전문점을 차리려고 해요. 일단 돈을 모으고 정식으로 요리를 배운 다음에요."

두 사람은 낮에 수영장에서 하다 만 이야기를 이어서 들려줬다. 초등학생 때 수영장에서 만난 두 사람은 항상 단짝으로 지냈다. 대학에 진학한 뒤에도 휴학을 하고 함께 아르바이트를 했다. 처음에 한 일은 의류 쇼핑몰 모델이었다. 재미도 있고 용돈벌이로 괜찮았지만 마른 몸매를 유지하는 게 힘들어서 그만뒀다. 두 사람은 잠시 예나 사촌 언니의 쌍둥이를 보는 알바를 했다. 아이들 엄마는 까다롭고 예민했지만 아이들은 순하고 예뻤다. 아이들 엄마의 지나친 참견으로 몇 번이나 그만두고 싶었지만 집에 오면 아이들 얼굴이 어른거려서 꾹 참고 두 달 동안 했다.

수영 선수 경력을 살려 워터파크에서도 일했다. 둘 다 라이프가드 자격증을 갖고 있었는데 그것이 여름에는 꽤 유용했다. 그러나 불행하게도 두 사람이 일하는 시간에 물에 빠진 어린아이가 뇌 손상으로 사망한 사건이 일어났고, 그 충격으로 그들은 워터파크를 그만뒀다. 반년 만에 복학한 두 사람은 학교에 적응하지 못했다. 학교를 다닐 이유를 찾을 수 없었다. 결국 한 학기를 마친 뒤 예나는 다시 휴학을 했고 지유는 자퇴했다. 두 사람은 또다시 팀을 이뤄 1년 동안 함께 일했다. 식당과 의류 매장을 다니며 돈을 모았다. 두 사람은 코로나가 잠잠해지면 1년 동안 외국에서 지내기로 했다. 이번 여행은 오랜 시간 참고 인내한 대가였다.

두 사람이 방콕에 오기 직전에 일한 곳은 철판구이 전문점이었다. 두 사람은 그곳에서 온갖 잡일을 했다. 주방장이기도 한 사장은 그들을 주방에 들어오지 못하게 했다. 하지만 주방 보조가 코로나에 걸려서 갑자기 못 나오게 되자 임시로 두 사람이 주방을 보조하러 들어갔다. 그곳에서 지유는 자신이 요리에 재능이 있다는 사실을 발견했다. 산적처럼 생긴 주방장이 그렇게 말했다. 너는 요리를 배우면 좋겠다고. 어쩌면 요리사가 될 수 있을지도 모른다고.

예나가 싱크대로 다가가더니 망고스틴이 담긴 접시를 들고 왔다. 다영은 예나가 손으로 까서 앞에 놓아준 망고스틴을 입에 넣으며 물었다.

"오늘은 어디 다녀왔어요?"

지유가 답했다.

"방콕에서 가장 높은 전망대라는 마하나꼰하고 유명한

영화 찍었다는 카페요. 카페 이름이 뭐였지? 거기 디저트 진짜 맛있어요."

"나도 가봐야겠다. 내일은 어디 갈 거예요?"

맥주잔을 비운 예나가 눈을 게슴츠레 뜨며 말했다.

"그걸 어떻게 알아요. 내일이 돼봐야 알죠."

다영이 예나의 잔에 맥주를 따르며 말했다.

"아무런 계획 없이 왔어요?"

대답은 지유가 했다.

"예나는 즉흥파예요."

맥주를 단숨에 들이켠 예나가 잔을 소리 나게 내려놓으며 말했다.

"즉흥 여행이 훨씬 재밌거든요. 다른 건 몰라도 여행은 정말 그래요."

"넌 인생 자체가 즉흥이잖아."

지유와 예나는 잠시 서로 마주 보더니 반대 방향으로 몸을 돌린 채로 배를 잡고 웃었다. '즉흥'의 추억이 많은 모양이었다.

귀를 쫑긋 세우고 그들의 이야기를 듣던 다영은 망고스틴 하나를 들어 올려 양손에 쥐었다. 그리고 엄지에 힘을 쥐서 반으로 가르려 했지만 망고스틴은 쉽게 갈라지지 않았다.

"딱딱해요? 망고스틴은 껍데기가 딱딱하면 상한 거래요."

예나는 지유 말을 확인해 보려는 듯 칼로 딱딱한 껍데기를 가르고 과육을 입에 넣었다가 얼굴을 찌푸리며 도로 뱉어냈다. 예나는 그릇에 담긴 망고스틴을 꺼내 몇 개 더 만져봤지만 대부분 껍데기가 딱딱했다. 지유는 그릇에 담긴 망고스틴을 모두 쓰레기통에 넣으며 과일 장수 할머니에게 사기를 당한 것 같다고 말했다.

한 시간이 지나 다영이 비틀대며 호텔 방으로 들어왔고, 병승은 노트북에 눈을 고정한 채로 어디 갔다 왔느냐고 물었다. 다영은 숙소를 옮기길 잘했다고 생각했다. 신혼은 이미 흘러가버렸으므로 마음에 드는 호텔 방을 잡았다고 해도 뜨거운 첫날밤 같은 건 기대할 수 없었다. 다영은 우연히 만난 지유와 예나가 반가웠다. 병승과 둘이 종일 붙어 있는 것보다는 낯선 사람들과 대화를 나누는 편이 즐거웠다.

다영은 침대에 누워 텔레비전을 켰다. 하지만 텔레비전에 집중하지 못했다. 대학 시절의 자신이 떠올랐다. 다영도 대학에 다닐 때 아르바이트로 돈을 마련해 해외로 배낭

여행을 갔다. 지금 생각하면 무모하다 싶을 정도로 돈 걱정을 하지 않았다. 여행 중에 돈이 떨어지는 바람에 친구들과 길거리에서 기타를 들고 버스킹을 해서 여비를 충당한 적도 있었다. 그런 용기는 어디에서 났을까. 이제는 돈이 모자란 채로 여행을 떠날 생각 같은 건 하지 않는다. 마흔을 앞둔 지금은 가급적 계획을 세운 뒤 철저히 따르려한다. 예전에는 고민 없이 할 수 있었던 많은 일들이 지금은 엄두가 나지 않았다.

병승은 자정이 되기도 전에 곯아떨어졌다. 다영은 병승에게 이불을 덮어주고 객실을 정리한 다음 창가로 다가갔다. 다영의 입이 벌어졌다. 지유와 예나가 수영을 하고 있었다. 두 시간 전에 술을 마셨는데도 물살을 가르는 그들의 몸짓은 여전히 날랬다. 십여 분 수영을 하던 그들은 수영장 한가운데서 멈춰 섰다. 한쪽 손을 잡더니 뒤로 팔을 뻗어 만세를 하듯이 누웠다. 그들은 나란히 물 위에 가만히 떠 있었다. 생존 수영을 하는 것 같았다. 다영도 어릴 때 생존 수영을 배운 적이 있었다. 생각처럼 쉽지 않았다. 자꾸만 몸이 가라앉는 바람에 끝내 생존 수영을 배우지 못했다. 다영은 창가에 서서 계속 그들을 내려다봤다. 몇 분

이나 물 위에 떠 있을 수 있는지 궁금했다. 지유와 예나
는 세상에서 가장 편한 곳이 물속이라는 듯 편안히 떠 있
었다. 마치 물 위에서 잠이 든 것 같았다. 밤새도록 저렇게
물에 떠 있을 수 있을 것 같았다. 다영은 물에서 나오는 그
들을 보지 못한 채로 커튼을 닫았다.

  이튿날 다영은 눈을 뜨자마자 자리에서 일어나 창문을
열었다. 방콕의 공기가 어제와는 달랐다. 공기 중에 습기
가 배어 있는 것 같았다. 다영은 짧은 원피스를 입고 거울
에 몸을 비춰보며 안에 수영복이라도 입어야 할까 생각하
다가 헛웃음을 터뜨렸다. 마음껏 물을 쏘고 맞으며 즐기는
송끄란 축제에서 옷이 젖을까 걱정하다니. 송끄란에 관심
없다고 했던 병승은 물안경을 목에 걸고 대형 물총을 어
깨에 멘 다음 다영의 손을 깍지 껴 잡았다. 두 사람은 깍지
낀 손을 흔들며 거리로 나갔다.

  병승이 허공에 물을 분사하며 말했다.

  "물을 뿌리는 이유는 불운을 쫓고 행운을 기원하기 위
해서래."

  카오산 로드로 들어서기도 전에 음악 소리가 들렸다. 멀

리서도 물에 흠뻑 젖은 거리의 활기를 느낄 수 있었다.

카오산 로드에 들어서자마자 다영과 병승의 옷에 물이 떨어졌다. 다양한 인종의 사람들이 어울려 서로 물총을 쏘고 물을 퍼부어댔다. 사람들은 생면부지인 사람의 옷을 흠뻑 적시고도 전혀 미안해하지 않았다. 온몸에 물 폭탄을 맞은 사람도, 안경에 물총을 맞은 사람도 불쾌해하지 않았다. 모두 웃는 얼굴이었다. 다영도 어린 시절로 돌아간 듯 날아오는 물을 피하며 땅에 떨어진 분무기를 들어 지나가는 사람들에게 분사했다.

온라인 게임 속에 들어온 것 같은 기분에 젖어든 병승은 어린아이고 노인이고 할 것 없이 인정사정을 두지 않고 지나가는 사람들에게 물총을 발사했다. 뚝뚝이에 탄 사람이 사람들에게 물바가지를 부으며 지나갔다. 물벼락을 맞은 할아버지는 뚝뚝이를 쫓아가며 물총을 쏘다가 미끄러져 넘어졌다. 할아버지는 자리에서 일어나지 않고 그대로 있었다. 병승은 혀를 차며 쳐다봤지만 아무도 그를 일으켜 세워주지 않았다. 시선을 거두려는 순간 할아버지가 무릎을 털며 일어나더니 다시 지나가는 사람들에게 물총 세례를 퍼부었다.

오른쪽 길로 들어서자 시끄러운 음악이 흘러나오는 가게가 즐비했다. 술집 앞에 놓인 탁자 위에 올라가 춤추는 젊은 여자가 보였다. 한쪽에는 사람들이 빙 둘러서 있었다. 다가가서 보니 원 안에서 젊은이들이 춤을 추고 노래하며 공연을 하고 있었다. 다영이 고개를 옆으로 돌린 순간 얼굴에 밀가루를 바른 어린아이들과 가면을 쓴 어른들이 지나갔다. 무표정한 얼굴 때문에 어딘가 섬뜩하고 기괴해 보였다.

병승을 찾기 위해 뒤로 돈 다영의 눈에 낯익은 얼굴이 들어왔다. 핫팬츠에 비옷, 고글과 레인부츠로 무장한 지유와 예나가 사람들 사이로 보였다. 두 사람은 일본 애니메이션에 나오는 여전사 같았다. 그 순간 위에서 누군가 물을 뿌렸고 예나와 지유도 물을 뒤집어썼다. 물에 흠뻑 젖은 그들의 뒷모습이 햇살 속에서 반짝였다. 그들은 밤늦게 음주 수영을 하고도 전혀 피곤해 보이지 않았다. 다영은 그들을 부르려다가 말았다. 불러봤자 음악 소리 때문에 듣지 못할 것 같았다.

"이거 맛있다. 방콕에서 마신 과일 주스 중 최고야. 마셔봐."

병승이 어디선가 사 온 음료를 다영에게 건넨 순간, 병승 뒤에 선 어린아이가 다영에게 물총을 쐈다. 공들여 드라이한 다영의 머리가 젖은 빨래처럼 주저앉자 병승이 웃음을 터뜨렸다. 그 순간 뒤쪽에서 물바가지가 날아와 병승의 머리 위로 떨어졌다. 병승은 당하고 있을 수만은 없다며 주머니에서 동전을 꺼내 물장수에게 건넨 뒤 총알을 장전하듯이 물총에 물을 채워 넣었다.

사람이 너무 많았다. 대부분 지유와 예나 또래의 청년들이었다. 이렇게 많은 사람이 모여든 풍경은 코로나 이후로 처음이었다. 사람이 자꾸 불어나는 것 같았다. 여기저기서 쏟아지는 물처럼 사람들이 거리로 휩쓸려 나왔다. 다영과 병승은 인파에 밀려 앞으로 나아갔다. 갑자기 앞에 선 사람들이 멈춰 섰고 뒤에 있던 사람들과 몸이 밀착되었다. 숨이 막혔다. 몸을 자유롭게 움직일 수 없었다. 긴급한 상황이 그렇게 잠시 지속되었다. 다영은 병승의 손을 놓쳤다. 사람들과 몸이 붙어 있어서 고개를 돌려 찾을 수도 없었다. 병승을 불러보려 했지만 소리가 나오지 않았다. 앞에 선 여자가 금방이라도 울음을 터뜨릴 것처럼 작게 비명을 질렀다. 다영은 그 소리가 자신의 몸에서 나오는 소리 같아 소름이 끼쳤다.

다행히 조금씩 공간이 넓어지면서 앞뒤 사람과 틈이 벌어졌고 다영의 입에서 안도의 숨이 흘러나왔다. 다영은 고개를 이리저리 돌리며 병승을 찾았지만 사람들 틈으로 병승이 아닌 지유와 예나가 보였다. 그때 누군가 다영의 팔을 세게 잡아당겼다. 병승이었다. 두 사람은 끌어안았다. 기뻐서 웃던 다영의 눈에 눈물이 고였다. 다영이 울먹이며 말했다.

"어디 갔었어? 찾았잖아."

"어디 안 다쳤지? 일단 사람들이 없는 곳으로 가자."

고막이 아플 정도로 큰 음악 소리 때문에 다영은 얼굴을 찡그린 채로 걸었다. 모두 제정신이 아닌 것 같았다. 주변 사람들을 아랑곳하지 않고 길 한복판에서 부둥켜안은 남녀, 만취해 비틀거리며 호스로 물을 뿌리는 아저씨, 장난이라고 하기엔 험하게 물풍선을 던지는 사람들을 보며 다영은 두려움에 떨었다. 병승은 다영의 손을 잡은 채로 사람들 틈을 비집고 나아가다가 인적이 드문 골목에 멈춰섰다. 병승이 가방 안에서 물을 꺼내 마시며 말했다.

"왠지 기분이 안 좋아. 숙소로 돌아가는 게 좋겠어."

"그런데 무슨 사람이 이렇게 많아?"

병승이 다영의 손을 힘주어 쥐며 답했다.

"코로나 이후로 첫 송끄란이잖아. 갇혀 있던 사람들이 모두 거리로 나왔겠지."

어디선가 웅성대는 소리가 났다. 두 사람은 사람들이 모여 있는 쪽으로 다가갔다. 오토바이를 탄 남자와 몸에 문신을 한 사람 사이에 시비가 붙은 것 같았다. 언성을 높이며 싸우던 두 사람은 금세 주먹질이라도 할 기세였지만 문신을 한 남자가 먼저 돌아섰다. 오토바이에 탄 남자는 그가 보이지 않을 때까지 그를 향해 욕을 퍼부었다. 그는 술병을 입에 대고 마셨다. 헬멧도 쓰지 않은 채로 그의 뒤에 탄 여자는 정신이 나간 것처럼 웃었다. 병승은 그들을 보며 생각했다. 설마 저 사람들, 저 상태로 오토바이를 타려는 것은 아니겠지? 그 순간 오토바이가 부웅, 소리를 내며 앞으로 달려 나갔다. 둔탁한 소리가 났고 비명소리가 들렸다. 오토바이가 사람을 친 것 같았다.

그 순간 병승은 뒤에 서 있던 사람들에게 밀려 앞으로 넘어졌다. 슬리퍼가 벗겨진 다영은 발등을 세게 밟혔다. 다영은 귀가 먹먹해져 잠시 소리를 듣지 못했다. 공포심 때문인지 발등의 통증도 잘 느껴지지 않았다. 울음소리와 고함 소리가 들려왔다. 만취한 오토바이 커플은 자신들이 얼마나 다친지도 모르는 것 같았다. 이마에서 피가 나는 학생은 땅에 주저앉은 채로 재밌다는 듯이 웃고 있었다. 그 아수라장 속에서 다영은 넋이 나간 채로 가만히 서 있었다.

경찰차와 구급차가 도착하고서야 거리의 질서가 조금씩 잡혀갔다. 다친 사람들이 구급차에 실려 갔고 사고가 난 곳은 언제 그런 일이 있었던가 싶게 다시 인파로 메워졌다. 사람들은 아무 일 없었다는 듯이 그 자리에서 다시 물을 뿌리고 물총을 쐈다. 병승이 다영의 손을 잡으며 말했다.

"호텔로 가자."

다영이 멍한 표정으로 말했다.

"그 사람들 괜찮을까?"

병승이 다영의 부은 발등을 내려다보며 말했다.

"많이 아팠겠다. 그래도 살갗이 벗겨지진 않았네."

병승은 구급차에 실려 간 사람들 중에 죽은 사람이 있을 거라고 생각했다. 다영이 다치지 않은 것만도 다행이었다. 다영은 몸을 굽혀 병승의 피 흐르는 무릎을 보며 말했다.

"나보다 병승 씨가 다친 거 같은데. 우리도 구급차 타고 병원에 갈 걸 그랬나 봐."

병승이 다영을 안심시키려는 듯 웃으며 말했다.

"그 정도는 아니야. 호텔로 가자. 구급약 가져왔어."

다영은 호텔 방으로 들어가자마자 병승을 의자에 앉히고 그의 무릎에 반창고를 붙였다. 병승은 한숨 자고 일어나면 괜찮을 거라고 말하며 침대에 누웠다. 그가 얼굴을 찡그리며 말했다.

"우리 신혼여행은 나중에 다시 오고 조금 일찍 한국 들어가면 안 될까? 아까 사람들에게 밀려서 넘어졌는데 허리하고 다리가 뻐근해. 병원 가서 엑스레이 찍어봐야 할 거 같아."

다영이 눈물을 글썽이며 말했다.

"그걸 왜 이제야 말해. 내일 당장 한국으로 가자. 다 나으면 치앙마이 가서 방갈로 잡아놓고 한 달 동안 놀자."

병승이 감기는 눈꺼풀을 들어 올리며 말했다.

"모기도 많을 텐데 방갈로는 싫어."

다영은 병승이 잠들 때까지 침대에 가만히 누워 있었다. 병승이 잠든 것을 확인한 다영은 항공권을 예약했다.

홀로 호텔 구경을 하고 저녁 식사도 마친 뒤 맥주를 홀짝이던 다영은 텔레비전을 보며 눈물을 흘렸다. 축제도 신혼여행도 엉망이 되어버렸다. 일주일을 계획하고 온 신혼 여행이 허무하게 끝나버렸다.

창가로 다가간 다영은 훌쩍이다가 수영복을 찾았다. 눈앞에 수영장이 있는데도 물속에 한번 들어가보지도 못했다는 생각이 그제야 들었다. 다영은 수영복을 챙겨 아래로 내려갔다.

송끄란 때문인지 수영장에는 사람이 한 명도 없었다. 다영은 물속으로 들어갔다. 여기서 수영을 하고 있으면 지유와 예나가 올 것 같았다. 그들과 대화하면 금세 기분이 좋아질 거라고 생각했다. 깊이 잠영해서 수평으로 나아가던 다영은 거리에서 마주친 지유와 예나를 떠올렸다. 한껏 찌푸린 지유의 미간과 질끈 감은 예나의 눈이 눈앞에 있는 것처럼 생생했다. 수영장 바닥을 손으로 짚은 다영은 머리를 들어 수면을 올려다봤다. 저게 뭐지? 빛이 비치는 걸까. 버들치 두 마리가 헤엄치는 것처럼 넘실대는 물이 반짝거렸다.

물 위로 올라온 다영은 숨을 몰아쉬다가 선베드에 놓인 노란색 물안경을 발견했다. 하나는 선베드 위에 놓여 있었고, 하나는 그 아래에 떨어져 있었다. 자정이 넘었는데 왜 아직 오지 않는 걸까. 혹시 숙소를 옮긴 걸까. 다영은 다시 호텔 방이 있는 층으로 올라가서 끄트머리 방문에 귀를 갖다 댔다. 문을 두드려봤지만 아무런 인기척도 들리지 않았다. 다영은 1층 카운터로 내려가 지유와 예나가 방을 뺐는지 물었다. 직원은 그들이 아직 체크아웃하지 않았다고 답했다.

자신의 방으로 돌아온 다영은 이리저리 서성였다. 불안해서 견딜 수가 없었다. 다영은 겉옷을 걸친 다음 밖으로 뛰쳐나갔다. 빠르게 뛰어 교통사고가 난 장소로 갔지만 지유와 예나는 보이지 않았다. 다영은 잠시 그 자리에 서 있다가 뒤로 돌아 망고스틴 호스텔을 향해 달렸다. 전력 질주를 하면 10분 안에 갈 수 있는 거리였다. 건물 안으로 뛰어들어가 삐거덕 소리가 나는 계단을 올랐다. 다영은 10인용 도미토리 앞에서 잠시 숨을 몰아쉰 뒤 문을 열었다.

안으로 들어선 순간 망고스틴 향이 훅 끼쳤다. 아래층 침대에 누운 여자가 눈을 비비며 다영을 올려다봤다. 어디선가 웃음소리가 들려왔다. 창문과 가까운 오른쪽 침대 2층이었다. 침대에는 커튼이 쳐져 있었다. 다영은 사다리를 타고 올라가 손을 들어 올렸다. 커튼을 잡은 다영의 손이 흔들렸다. 다영은 길게 숨을 내쉰 뒤 커튼을 젖혔다.

낙영

최정나

최정나

2016년 《문화일보》 신춘문예에 단편소설 「전에도 봐놓고 그래」가 당선되어 작품 활동을 시작했다. 단편소설 「한밤의 손님들」로 2018년 제9회 젊은작가상을 수상했다. 소설집 『말 좀 끊지 말아줄래?』와 장편소설 『월』, 중편소설 『로아』를 썼다.

미국 지질조사국에 따르면 한국시간 기준 29일 오후 6시 5분 2초 태평양 북마리아나제도 마우그섬 북동쪽 41킬로미터 해역에서 규모 7.1의 지진이 발생했다. 진앙은 북위 20.17도, 동경 145.57도, 지진 발생 깊이는 12킬로미터, 태평양 해저의 지각변동으로 하와이, 괌, 사이판에 지진해일 예보가 발령됐다. 30센티미터 미만의 약한 해일이 우리나라를 통과한다고 했다.

뉴스가 나올 때 해원은 지방의 한 시내버스 안에서 졸고 있었다. 해원은 누군가를 부르다가 잠에서 깨어났는데 자신을 부르는 어떤 목소리를 들은 것도 같았다. 그러나 주위에 승객은 없었고, 보호 격벽 안 기사의 뒷모습이 보일 뿐이었다. 오후 햇살이 보호 격벽에 장밋빛을 드리웠다. 폴리카보네이트 소재의 투명 가림막이 그 빛을 되비쳐 기사의 등에 무지갯빛이 어렸다. 운전석 유리창으로도 다채로운 빛의 하늘이 펼쳐졌다. 낮게 뜬 구름을 투과한 햇빛이 여러 빛깔로 쪼개져 지면으로 퍼져 나왔다. 버스는 그 빛을 향해 죽 뻗은 도로 위를 빠르게 달렸기 때문에 해원은 마치 빛 속으로 빨려 들어가는 듯한 착각에 빠졌다.

스피커에서 다음 정류소를 안내하는 방송이 흘러나왔다. 곧 도착하는 정류소는 두 시간 전 해원이 출발한 곳이었다. 해원은 어리둥절해져 제 옆의 유리창을 내다봤다. 몇 대의 어선이 포구로 들어오고, 계류된 선박들이 낮은 물살에 출렁거리고 있었다. 중앙역 근처에서 바다가 보일 리 없었다. 해원은 그제야 뭔가 잘못되었다는 것을 알아차리고는 크게 당황했다. 버스는 해원의 목적지인 중앙역을 회차해 그녀가 출발했던 해안가로 되돌아가는 중이었다. 택시를 타고 다시 중앙역으로 간다고 해도 도시행 기차는 운행을 마칠 터였다. 주말이 끝나가고 있었다. 해원은 다음 날 새벽 일찍 출발하면 회사에 늦지 않게 도착할 수 있을지 가늠해 봤다. 그러나 장담할 수 없었다. 그러자 조금 전까지도 황홀하게만 보이던 풍경이 더는 아름답게 느껴지지 않았다. 해원은 하는 수 없이 버스에서 내려 지난밤까지 머물던 게스트하우스로 되돌아갔다. 관리자는 해원에게 다시 방을 내주었다.

해원은 방으로 가지 않고 라운지 바로 들어갔다. 그런 다음 주문한 칵테일을 들고 창가 스탠드로 가 앉았다. 창 너머 해변이 보였다. 해변 오른쪽은 포구였고, 그보다 더 오른쪽에 등대가 있었다. 등대 불빛을 따라 어선 몇 대가 모여들었다.

"보헤미안 압생트로 부탁드립니다."

해원을 등지고 스탠드바에 앉은 손님이 바텐더에게 말했다.

"압생트에 설탕 녹여 넣을까요?"

낮고 부드러운 바텐더의 목소리에 해원은 마음이 편안해졌다. 고요한 바다 풍경에 듣기 좋은 목소리가 더해지면 느닷없이 차분해지기도 하는 걸까. 일상이 멀어지고 멀리 있던 게 다가오는 듯한 기분에 해원은 유리에 비친 등 뒤의 모습을 바라봤다.

바텐더가 압생트 잔에 전용 숟가락을 가로로 걸치고 그 위에 각설탕을 올려 불을 붙였다. 알코올에 젖은 각설탕이 타오르면서 술잔 안에 푸른 불이 옮겨붙었다.

해원이 보는 유리창에서 불이 인 술잔이 해변과 하나로 겹쳤다. 푸른 불꽃은 바다 한가운데서 일렁이는 듯하더니 망망대해를 떠다니는 등불이 되었다가 어느새 유리병이 되어 해안가에 닿아 있었다. 그 때문에 유리창은 내부와 외부가 만나는 통로 같았는데, 두 개의 다른 세계가 동시에 재생되는 흐릿한 화면 같기도 했다. 화면 안에서 목소리들이 계속 들려왔다. 해원은 그 목소리를 들었다. 불꽃을 사이에 두고 대화하는 둘의 목소리가 멀리 바다에서 들려오는 듯 아득하게 느껴졌다.

해원은 자신이 떠난 후 홀로 남았을 동호의 모습을 상상했다. 동호도 이곳에 앉아 유리창에 비친 그림자를 보며 저들의 목소리를 들었을까, 궁금했다. 동호를 떠올리자 두 개의 세계에 또 다른 켜가 쌓이며 여러 세계가 한곳에서 재현되는 것 같았다.

"시신이 타오르는 조각배 같군요." 숟가락 위에서 불타는 각설탕을 보고 손님이 말했다.

"에메랄드빛 바다 같죠." 바텐더가 술잔에 담긴 푸른 액체를 봤다. "오래전에는 이 술이 환각을 불러일으킨다고 해서 예술가들이 즐겨 마셨다고 해요."

"환각을요?"

"그래서 초록 요정이라고도, 초록 악마라고도 불리는데 요정일 때는 영감을, 악마일 때는 폭력을 부른다고 하네요. 빈센트 반 고흐가 이 술에 중독돼 자기 귀를 잘랐다는 일화는 압생트를 말할 때 빼놓을 수 없는 유명한 이야기죠."

"사람이든 술이든 폭력적이군요."

"이중적이죠. 사실 고흐의 정신착란이 압생트 때문에 생겨났다는 건 낭설이라는 게 정설이지만, 흥미로운 이야기인 것은 확실하죠."

"사실이든 아니든 상관없어요. 누구나 믿고 싶은 대로 믿으니까요."

각설탕이 불이 붙은 채로 무너졌다. 바텐더가 설탕을 잔에 떨어뜨린 다음 숟가락으로 으깨 휘저었다. 압생트 잔을 건네받은 손님이 몸을 돌려 유리창을 봤다.

해원은 유리잔 안에서 설탕과 압생트가 섞이는 모습을 상상했다. 에메랄드빛 액체가 탁한 녹색으로 변하는 모습을, 그리고 바다에 가라앉는 시체를 떠올리며 창밖을 봤다. 바다는 핏빛이었다. 하늘도 붉게 타올라 일대가 빨갛게 물들었다. 군복을 입은 남자 셋이 포구에 서 있었다. 수송 헬리콥터 편대가 굉음을 내며 핏빛 하늘을 가로질렀다. 해원은 편대의 진행 방향을 좇아 시선을 옮겼다.

해원과 의자 두 개를 사이에 두고 창가에 앉아 있는 청년이 제 앞에 놓인 유리 용기의 뚜껑을 반쯤 열어 그 안에 손을 집어넣었다. 청년의 손에 게코 도마뱀 한 마리가 거꾸로 들려 나왔다. 도마뱀이 몸을 좌우로 흔들다가 꼬리를 떼어내고 용기 밖으로 떨어져서는 바 테이블과 유리창 사이의 좁은 틈으로 숨어들었다. 잘린 꼬리가 청년의 손가락 사이에서 파닥거렸다. 그걸 본 청년이 옆에 있던 책으로 꼬리를 찍어 눌렀다. 꼬리가 책에 깔린 채로 요란하게 요동쳤다. 몇 초쯤 지나 청년이 책갈피에 꼬리를 끼우고는 책장을 덮었다. 책장이 가늘게 떨리다가 이내 잦아들었다. 해원의 시선을 의식한 청년이 유리창을 향해 씩 웃어 보였다. 그들은 유리창에 비친 서로의 그림자를 보며 대화했다.

"얼마 전에 먹이로 착각해 제 짝의 꼬리를 먹어 치운 놈이에요." 청년이 제 잘못이 아니라는 듯 어깨를 들먹였다.

"키우는 도마뱀의 꼬리를 왜 자른 거죠?" 해원이 물었다.

"내가 자른 게 아니에요. 이놈이 자른 거죠." 청년이 눈짓으로 책을 가리켰다.

"왜 자기 꼬리를 자른 걸까요?"

"도망치려고요……. 무서우니까 자해하는 거죠."

"자신을 지키려고 자기한테 폭력을 가한다는 뜻인가요. 그러니까 위협에서 벗어나려고요?"

"만지려고 했을 뿐 위협하지는 않았어요."

"재생되나요?" 해원이 도마뱀이 사라진 곳을 가리켰다.

"재생되는 놈도, 그렇지 않은 놈도 있어요. 우로보로스처럼 제 꼬리를 먹는 놈도 있고요. 남의 꼬리를 먹는 놈도 있지요." 붉은빛으로 일렁이는 그림자가 말했다.

"우로보로스처럼요?" 해원이 그림자를 봤다.

"옆으로 가도 될까요?" 그림자가 묻고는 해원이 대답하기도 전에 자리를 옮겨 앉았다. "귀찮게 하지는 않을 겁니다. 단지 다가가려는 것뿐이니까요."

"다가오는 게 위협이라면요?" 해원이 물었다.

"해일이 다가오고 있어요. 그쪽이 불러냈으니, 그것을

막을 수는 없죠."

　해원은 태평양 해저에서 일어나고 있을 지각변동을 상상했다. 바닷속 지형이 융기하고 해양판의 위치가 바뀌고 주위의 섬들이 조금씩 이동하는 모습을 떠올리며 창밖을 봤다. 붉은 하늘이 바다에 비쳐들어 수평선을 중심으로 두 개의 붉은빛이 펼쳐졌다. 해안 일대는 붉은빛과 더 붉은빛, 그리고 덜 붉은빛으로 타올랐다. 주위가 검붉은 빛에 휩싸여 점점 더 어두워졌다. 유리창에 비친 청년의 얼굴이 선명해지면서 익숙한 얼굴로 바뀌었다. 그러나 누구인지는 기억나지 않았다.

　"어젯밤 연인과 다투는 모습을 봤어요. 그쪽 말이에요. 마치 과거의 나를 보는 것 같았죠." 청년이 말했다.

　해원은 굳은 얼굴로 제 앞에 놓인 칵테일을 내려다봤다. 크랜베리주스와 복숭아주스, 석류 시럽의 농도 차로 유리잔 안에 붉은빛의 경계가 졌다.

　"그는 날 사랑하지 않아요. 날 사랑한다고 착각하는 자신을 사랑하죠." 해원이 숨죽여 말했다.

　"그런가요?"

　"상처받지 않을 만큼 사랑하면서 상처받을까 봐 늘 두

려워하거든요."

"그쪽은 어떤데요?" 청년이 물었다.

"잊어야죠."

"상처받을까 봐 두려워서요?" 청년이 해원의 말을 그대로 되돌려줬다.

해원은 청년의 질문에 대답하지 못했다.

"그는 조금 전 떠났어요." 청년이 무심한 투로 말을 이었다. "그쪽을 기다리다가 오지 않자 가버렸지요."

해원이 몸을 들썩인 탓에 술잔 안의 붉은빛이 다른 붉은빛에 섞여들었다.

"소용없어요. 그는 떠났어요." 청년은 가운데가 들뜬 책을 손바닥으로 꾹 누르며 말했다.

"책갈피가 되었군요." 해원이 말했다.

"덕분에 내 책도 엉망이 되었고요." 청년이 피로 얼룩진 책장을 가리키며 쓸쓸히 미소 지었다.

"잔인하군요."

"기억이란 때로는 잔인한 거예요. 사랑처럼 말이에요." 청년은 도마뱀이 사라진 쪽으로 시선을 돌렸다.

창가로 붉은빛이 흘러들어 청년의 이목구비가 흐릿하

게 지워지는가 싶더니 얼굴이 달라졌다. 미소 띤 얼굴은 사라지고 무표정한 얼굴이 되었다가 불운한 얼굴로, 냉담한 얼굴이 되었다가 매서운 얼굴로 변했고, 잇달아 잔인한 얼굴, 광포한 얼굴로 모습을 바꿨다. 계속 바뀌는 얼굴들은 하나같이 다 기괴했다. 눈두덩이 불룩 튀어나왔다가 함몰되었고 곧이어 구멍이 뚫렸다. 입술이 비뚤어지거나 볼이 뒤틀렸고, 부패한 살점이 흘러내리는가 하면, 뼈가 드러났다. 훼손된 얼굴들, 재난이 닥친 얼굴들, 해원은 순간적으로 수많은 얼굴을 봤다. 변검처럼 바뀌던 얼굴이 어느 순간 변화를 멈추고 또렷한 하나의 얼굴로 돌아왔다. 낙영이었다.

낙영은 10년 전 사이판에서 실종되었다. 모두 그가 죽었다고 했다. 해원도 그렇게 생각했다. 그러고는 낙영의 존재를 잊었다. 그러나 얼마 전 심연 속에 가라앉아 있던 시신 하나가 수면 위로 올라오듯 불쑥 낙영이 떠올랐다. 낙영이 떠오른 이유는 알 수 없었고, 중요하지도 않았다. 다만 그제야 그를 완전히 잊고 있었다는 사실을 깨달았고, 그런 자신이 이해되지 않았다.

해원은 과거가 지금까지도 이어지고 있다고 느꼈다. 사

람만 바뀐 채 똑같은 과거가 되풀이되는 기분이었다. 그 뒤로 해원은 눈꺼풀 속의 잔상처럼 낙영을 떠올렸다. 동호를 보면서도 낙영을 생각했다. 낙영과 함께 북마리아나제도의 작은 섬에 방치되었던 시절을 기억했다. 그날 낙영에게 어떤 일이 있었는지 알고 싶었지만 설명해 줄 사람이 없었다.

"나를 왜 부른 거지?" 낙영이 물었다.

"모르겠어. 뭐랄까……, 그때의 일이 지금까지도 반복되는 것 같아. 너를 잊고 있었는데 어쩌다가 그런 건지는 모르겠어. 어떻게 잊을 수가 있지? 내가 잘 이해되지 않았어." 해원이 횡설수설했다.

"두려운 마음이 들면 다음은 도망치기도 하는 거지."

"우린 둘 다 어렸어. 게다가 나는 성년도 아니었지."

"이해해. 그때 우리는 풍랑 속에서 한 치 앞도 볼 수 없는 상황이었어."

"도대체 왜 떠난 거야?"

"내가 떠난 게 아니야. 그들이 떠난 거지."

"무서웠어?"

"화가 났지."

해원은 다음 말이 이어지기를 기다렸으나 낙영은 입을 다물었다.

"나중에 너를 찾으러 갔어. 그날 어떤 일이 있었는지 알고 싶어서. 엄마는 네가 마이크로 비치에서 실종되었다고 했어. 그러더니 말을 바꿔 타포차우산에서 사라졌다고 했지. 중고차 사장은 네가 자기 차를 끌고 자살절벽으로 갔다고 했고…… 자살절벽 기억나지?"

"물론."

"민간인들이 집단 자결한 곳이라고 네가 말해 줬잖아."

"학살이었지."

"그러나 어디서도 네 흔적을 찾을 수 없었어."

"찾지 못하자 곧 잊어버렸지."

"그래서 네가 살던 컨테이너에 가봤어. 네 흔적을 찾아보려고. 컨테이너는 치워지고 불꽃나무만 그대로였지. 얼마 전에 그 나무 앞에서 함께 찍은 사진을 찾아봤는데 가지고 있지 않더라. 아마 버렸나 봐." 해원이 숨을 들이마시고는 말했다. "난 네 얼굴이 기억나지 않아."

"벌써 10년이나 지났는걸. 이제 상관없어."

"그날 네게 어떤 일이 있었는지 알고 싶어."

"알고 싶다는 마음 자체가 남을 괴롭히는 걸 수도 있어. 안 그래? 상대를 이해할 수 없으면 바로 괴물로 만들어버리잖아. 자신을 지키려고 말이야. 제 안의 괴물을 보았을 때도 마찬가지고. 피해자인 양 남을 속이고 자신을 속이는 게 인간이지."

낙영이 시선을 돌려 바다를 봤다. 카약 한 대가 검은 그림자를 길게 드리우며 석양 속으로 들어갔다. 그리고 그곳에서 나룻배 한 척이 천천히 빠져나왔다. 나룻배는 포구를 향해 느리게 다가오고 있었는데 일렁이는 물살에 실려 오는 듯도 했다. 뱃머리에 선 사공이 이쪽을 응시했다.

"누굴까. 이쪽을 보고 있어." 해원이 말했다.

"그가 오고 있어."

"누가?"

"네가 불러낸 자."

"여긴 네 기억 속이야?"

"아니, 네가 만든 기억이야."

해원은 낙영을 봤다. 낙영의 얼굴이 다시 변했다. 낙영이 아니었다. 다른 얼굴이었다. 해원이 처음 보는 얼굴이었는데 얼굴이 지워진 듯도 했다. 곧이어 지워진 얼굴 위로 해원이 아는 얼굴들이 겹쳐 보였고, 동호의 얼굴이, 그런 다음 해원의 얼굴이 차례대로 나타났다. 해원이 놀라 옆을 봤다. 그러나 옆자리에는 아무도 없었다.

해원은 뭔가에 이끌려 테라스로 이어진 문을 열고 밖으로 나갔다. 테라스에도 손님이 있었다. 야자잎으로 엮어 만든 파라솔 아래 남자 둘이 마주 앉아 스마트폰 게임을 했다. 지루한 표정으로 게임을 하던 남자가 갑자기 생각났다는 듯 고개를 들더니 말했다.

"최근에 사랑하는 사람이 생겼어."

다른 남자가 호기심 어린 표정으로 그를 봤다.

"처음 보았을 때는 마음에 들지 않았는데 알고 보니 개도 연극을 하더라고. 신기하지 않아? 같은 일을 하는 사람을 우연히 만나는 건 쉽지 않잖아. 운명이 아니라면 그럴 수는 없는 거잖아. 그렇지 않아?"

남자는 꿈에 젖은 듯 나른한 목소리로 말을 이으며 동의를 구했으나 상대가 대답하지 않자, 갑자기 선언하는 투로 외쳤다.

"확실히 우리 만남은 우연이 아니라 운명이야! 그렇지

않냐?"

"저번에도 그렇게 말했지만 결국 얼마 안 가 헤어졌잖아." 다른 남자가 말했다.

"아니, 이번은 달라." 남자가 확신에 찬 어조로 말했다.

"운명이라고 말한 건 그때나 지금이나 같은데 무엇이 다르지?"

"사랑한다고 속삭이던 입에서 개새끼, 씹새끼라는 욕설이 나왔는데 어떻게 더 만나?"

"너도 같이 욕했다며? 그래서 개한테 맞았다며?"

"개 얘기는 하기도 싫다. 이렇게 말하면 좀 그렇지만 우발적으로 사람을 죽이는 게 남 일 같지 않더라니까. 내가 낯설고 무서워서 정신이 번쩍 들더라고. 더 나빠지기 전에 헤어지길 잘했지. 그런데 얘는 달라. 이번에는 확실히 달라!"

"내가 만나는 사람은 건강이 좋지 않아. 최근에 위암 수술받았거든. 그런데 걔가 자기 몸을 챙기지 않는 거야." 다른 남자가 시무룩한 얼굴로 말했다.

"네가 옆에서 챙겨줘야지."

"나도 그러고 싶은데 걔가 원치 않아."

"그럼 뭘 원하는데?"

"위암 걸려서도 술 마시는 여자를 사랑하는 거."

"수술받은 사람이 술을 마셔?"

"응. 그것도 많이. 그러고는 응급실에 실려 간다."

"그러면 세상 혼자 살아야지!" 남자가 기겁해 외쳤다.

"그렇지. 하지만 내가 걔를 좋아해. 생각해 보니까 술을 마시지 말라는 말이 걔를 위한 말인지, 나를 위한 말인지 모르겠더라고."

"말이 되지 않는 말에 세뇌당했네. 죽어도 좋대?"

"응."

"내 생각에 그 사람은 널 사랑하지 않는다."

"걔는 나를 사랑한대. 사랑할 수 있도록 내버려두라는 거야."

"그게 가능해?"

"내버려두느라 내가 괴롭다."

"너를 이해하지도 않는 사람을 왜 만나냐?"

"걔도 똑같이 말하더라. 왜 자기를 이해하지 못하냐고 화를 내더라고. 같은 이유로 화를 내다 보니 이해를 강요하는 것 자체가 폭력인 것 같았어."

"그렇게 치면 폭력 없는 관계가 어디 있냐? 서로 조금씩 양보하는 거지."

"하긴, 모든 관계에는 폭력이 따른다. 사람은 늘 뭔가를 요구하니까."

"곧 헤어지겠네."

"그러겠지?"

"그래야지."

둘은 해변을 봤다.

해원은 동호를 떠올렸다. 그가 어젯밤 이곳에서 해원에게 한 말을 떠올렸다. 동호는 해원을 만날수록 자기가 무너진다고 했다. 자기가 불쌍하다는 감정이 들었을 때 관계가 끝났다는 것을 알았다고 말했다. 동호의 말은 오히려 해원이 들려주고 싶은 말이었다. 그러나 동호에게 먼저 그 말을 들으니 억울한 기분이 들었다. 어떤 기억은 오랜 시간이 지난 다음에 돌아온다, 그리고 또 어떤 기억은 새로운 기억으로 덧씌워지기도 한다, 해원은 그렇게 생각하며 동호를 기억에서 지우기로 했다. 지금 생각하기에는 마음이 괴로웠다. 그래서 해원은 청년들을 뒤로한 채 해변 산책로로 걸어 들어갔다.

해원의 머릿속에 기억 하나가 떠올랐다. 그것은 오래된 영사기에 들어 있는 더 오래된 필름처럼 해원의 눈앞에 재생됐다. 해변에는 사람들이 많았다. 해원은 그들을 봤다. 그리고 그들의 목소리를 들었다. 선베드에 누워 음악을 듣는 사람들과 칵테일을 마시는 사람들, 수영하는 사람들과 스노클링하는 사람들이 있었다. 그들은 황혼 속 실루엣으로 존재했는데 그 때문에 실재하는 풍경 같지 않았다. 웅성대는 소리가 점차 희미해지더니 주위가 고요해졌다. 파도도 잠잠해졌다. 수면은 호수 위의 얼음처럼 하얗게 빛났다. 풍경도 그대로 얼어버린 듯, 파도도 물결도 소리도 사라진 적요한 세계가 해원의 눈앞에 펼쳐졌다. 사이판이었다.

마이크로 비치로 연결되는 해변 산책로에는 불꽃나무가 흐드러졌다. 사람들은 나무 아래 서서 꽃송이를 똑똑 따 제 머리에 꽂거나 손에 들고 다니다가 바닥에 떨어뜨렸다. 그들이 떠난 자리에 붉은 꽃이 핏방울처럼 떨어졌다. 꽃송이들이 허공에 흩날리다가 모래사장으로 날아들었다. 야자수 아래 주르르 놓인 선베드 위에도 누군가의 흔적처럼 붉은 꽃이 떨어져 있었고, 그 주위는 사람들이 두고 간 쓰레기들로 지저분했다.

해원과 낙영은 커플 선베드에 등을 기대고 있었다. 장밋빛으로 물든 하늘에는 거대한 버섯 모양의 구름이 떠 있었다. 낙영이 바다를 보는 체했다. 해원이 낙영을 흘깃거리다가 물었다.

"그런데 너, 몇 살이라고 했지?"

"너보다 두 살 많아. 스물하나." 낙영이 대답했다.

"말 좀 놓아도 되겠지?"

"마음대로 하렴." 낙영이 무심한 투로 말했다.

"난 네가 싫어. 우리가 왜 만나야 하는지도 모르겠어."

"나도 그래. 하지만 네 엄마와 내 아빠가 만나니까 어쩔 수 없잖아. 게다가 넌 앞으로 이곳에서 혼자 지내게 될 테고. 난 너보다 반년이나 먼저 왔으니까 우리는 계속 만나게 되겠지."

"네 아빠는 정말 이혼했니?" 해원이 시비조로 물었다.

낙영이 고개를 끄덕였다.

"그건 다행이구나. 네 엄마는 재혼했니?"

"엄마는 혼자야."

"뭘 하는데?"

"뜨개질 광기에 걸린 덕분에 사업에 성공했지. 그 때문에 아빠랑 이혼했고."

"뜨개질 사업을 하는 거야?"

"지금은 뜨개실 사업에 뛰어들었어. 그게 잘되나 봐. 어느 날부터 미친 듯이 수세미를 뜨더니 돈을 많이 벌더라."

"수세미를 팔아 돈을 벌었다는 거야?"

"아니. 우연히 털실로 수세미 하나를 떴는데 그게 그렇게 재미있더래. 처음에는 밥은 먹고 뜨더니 나중에는 화장실도 가지 않고 그 짓을 하더라고. 집이 수세미로 가득 차니까 사람들한테 나눠줘야 했지. 답례로 과일이나 채소 같은 걸 받아 오다가 언젠가부터는 그들과 함께 수세미를 뜨더라. 그렇게 뜨개질 동호회가 만들어졌어. 지금은 동대문시장에서 털실을 팔아. 동호회 회원들이 주문을 많이 하거든. 수세미를 만난 건 운명이었다고, 운명이 수세미 앞으로 자기를 데려다 놓았다고 엄마가 그러더라. 그런 걸 보면 확실히 운명적인 만남이 있는 거 같긴 해. 수세미가 털실과 엄마를 이어줬으니까. 아빠랑은 그다음에 헤어졌어."

"넌 왜 아빠랑 살아?" 해원은 낙영 엄마에게 괜한 질투심이 일어 말을 돌렸다.

"아빠는 주로 한국에 있다가 일 있을 때만 가끔 와. 아빠

친구가 이곳에서 중고 자동차 매매업을 하는데 그 집 마당에 있는 컨테이너에서 살 수 있도록 해줬어. 난 거기서 혼자 살아. 그런데 마치 호구 조사원처럼 묻는구나."

"네 아빠가 여기서 자동차 사업을 한다고 하던데?" 해원이 낙영의 말을 듣지 못한 체하고 계속 물었다.

"중고차 사장의 부탁을 받고 한국에서 물건을 들여오거든."

"어떤 물건?"

"그건 나도 모르겠어. 그런데 왜 자꾸 물어. 네 엄마가 궁금해하니?"

"네 아빠는 돈이 있니?" 해원은 또다시 낙영의 질문에 대답하지 않고 물었다.

낙영이 고개를 끄덕였다.

"거짓말! 내게 거짓말을 하네." 해원이 소리쳤다.

"네 엄마는 돈이 있니?" 낙영의 목소리가 날카로워졌다.

"있어. 아빠가 죽고 나서 보험금이 좀 나왔거든."

"네 엄마는 뭘 하는데?"

"엄마는 춤을 춰."

"춤을 추기에는 형편없는 몸이던데."

"댄스 동호회에서 네 아빠를 만났대. 둘이 서로 사랑한 다고 나한테 고백하더라. 그 덕분에 나는 네 아빠를 따라 극장에 가서 중년의 사랑 이야기를 그린 영화를 봐야 했어. 내게는 그들의 사랑을 포장하려는 속셈으로밖에는 보이지 않았지만, 그래도 잘 봤다고 해줬어."

"왜?"

"엄마의 노후가 걱정돼서. 교회 오빠가 내 고민을 다 듣더니 엄마의 노후가 걱정된다고 하더라. 쉰이면 젊은 나이인데 어떻게 계속 혼자 살아가느냐고 걱정하니까 나도 그게 걱정되더라고. 그래서 그랬어."

"교회 오빠라는 사람은 몇 살인데?"

"너랑 동갑일걸."

"나이도 어린 게 뭘 안다고?" 낙영이 입을 비죽였다.

"그런데도 둘은 매일 밤 우리 집에서 다퉜어. 입시 준비는 어차피 하지도 않았지만, 그래도 입시생에 대한 배려는 없었지."

"그래서 사이판으로 온 거야?"

"아니. 네 아빠랑 내 엄마가 우리 집에서 하고 싶은데 내가 방해되니까 여기로 보내버린 거지. 너랑 남매처럼 잘 지내라고 하더라. 그런데 넌 왜 여기 온 거야?"

"궁금한 게 많구나."

"알아야 정확히 보지."

"그게 가능하니?"

"뭐가?"

"정확히 보는 거, 그게 가능하냐고?"

"노력해 보는 거지."

"알고 싶은 걸 죄 물어보면 남한테는 상처가 된다."

"자꾸 물어서 불편하니?"

낙영은 대답하지 않았다.

해원은 침묵하는 낙영에게서 제 모습을 봤다. 서로의 처지를 이해하면서도 공연히 심술을 부리며 툴툴거리는 제 얼굴을 봤다.

"사람은 다 상처를 준다. 사랑도 상처를 주고." 해원이 말했다.

둘은 해변으로 시선을 돌렸다. 사람들이 바닷길을 따라 걸었다. 산호퇴적층이 있는 곳에서는 아무리 멀리 나가도 허리 높이까지밖에 물이 차지 않았다. 그들은 바다 가운데 까지 걸어가는 듯 보였는데, 바다에 있는 줄도 모르고 바다를 마중 나가는 사람들 같기도, 바다에서 바다를 기다리는 사람들 같기도 했다.

"수영이나 하러 가자." 둘이 동시에 말하고는 서로를 보고 빙그레 웃었다.

파도가 밀려왔다가 빠져나가며 해안선에 앉은 해원의 무릎을 건드렸다. 낙영은 해원 뒤에 서서 해변으로 밀려드는 거센 파도를 보고 있었다.

"파도 온다!" 낙영이 외쳤다.

해원은 그 말을 듣고 얼른 일어서려고 했으나 그전에 파도가 덮쳐 와 중심을 잃고 넘어졌다. 연달아 밀려드는 파도에 이리저리 자빠지는 해원을 보고 낙영이 웃었다. 파도에 휩쓸리던 해원도 까르르 웃다가 바닷물을 먹고 캑캑거렸다. 그러고는 낙영의 얼굴에 물을 뿌렸다. 낙영이 물을 피해 달아나서는 되돌아와 해원의 얼굴에 물을 뿌렸다. 물방울이 햇빛을 반사해 둘의 주위가 반짝반짝 빛났다. 빛은 둘의 머리카락과 얼굴을, 어깨와 가슴, 그리고 손가락과 발가락을 타고 흘렀다. 장밋빛에 물든 하늘을, 그 빛을 반사해 보랏빛으로 물든 바다를. 밀물과 썰물을, 밀어내는 힘과 끌어당기는 힘을 느끼며 둘은 낄낄 웃었다.

낙영이 바다로 뛰어들어 헤엄쳤다. 해원이 그 뒤를 따라 좀더 깊은 곳까지 나아갔다. 조금 뒤 둘은 바다에 둥둥 떠서 수면 아래를 봤다. 색색의 해수어들이 산호 속으로 숨어들었다가 동시에 밖으로 나왔다. 커다란 매가오리가 날갯짓하듯 우아한 자태로 다가와 그들 주위를 유영했다. 둘은 미끈거리는 감촉에 놀라 물 밖으로 얼굴을 내밀었다. 그들 위를 맴돌던 갈매기 한 마리가 해안 절벽 쪽으로 날아갔다.

해원은 낙영과 함께 절벽 위에서 태평양을 보고 있었다. 노을 속에서 뭉게뭉게 피어오르는 구름이 원자운 같았다. 바다는 붉은빛으로 물들었다. 낙영의 목소리는 깃털처럼 가벼웠는데도 무거운 분위기를 풍겼다.

"오래전 저곳에서 수많은 사람이 뛰어내렸지. 그중에는 우리나라 사람들도 많았대. 그들은 스스로 뛰어내렸지만 명백한 타살이었지." 낙영이 자살절벽을 가리켰다.

"스스로 뛰어내렸는데 왜 타살이야?" 해원이 물었다.

"일왕의 명령을 받았거든. 아름답게 부서지라는 칙명이었는데 결국 적국의 포로가 되지 말고 자결하라는 뜻이었어."

"왕이 왜 그런 명령을 내려?"

"포로가 돼도, 귀환해도 귀찮기는 마찬가지니까 그냥 죽으라고 한 거지."

"말도 안 돼. 그들을 지켜준 사람은 없었어?"

"아무도 없었어. 군인이든 민간인이든 모조리 죽었으니까. 갓난아이들까지도 말이야. 그때 바다가 피로 새빨갛게 물들었대. 시체들의 무덤처럼." 낙영은 건조한 목소리로 말했다.

해원은 피로 물든 바다를, 시체들의 바다를 떠올렸다. 바람에 섞여 들려오는 파도 소리가 영혼들의 울음처럼 들렸다.

"네 아빠와 내 엄마가 한국으로 돌아가면 우리 둘이 있어야 하는 거야?" 해원이 불쑥 물었다.

낙영이 고개를 끄덕였다.

"여기서 언어 연수를 하면 미국으로 건너갈 수 있다고 네 아빠가 그러던데?"

"너 보기보다 순진하구나. 그 말을 믿니?"

해원이 낙영을 봤다.

"그건 그럴듯해 보이려고 그냥 하는 말이잖아." 낙영이 시선을 돌렸다.

해원 엄마와 낙영 아빠는 한국인 여행객 사이에 끼어들어 가이드의 설명을 듣고 있었다.

"그렇게 많은 사람이 뛰어내렸으니 피바다였겠지요. 당연히도 말이야." 낙영 아빠가 말했다.

"바다에서 밀려온 시체 때문에 모래사장이 무덤 같았다잖아요. 참 무책임한 사람들이에요. 사람들은 전쟁을 왜 할까요?" 해원 엄마가 말했다.

"사람이니까 하지요."

"하지만 그게 우리랑 무슨 상관이에요? 이제 그만 가요." 해원 엄마가 하품했다. "저 얘기를 더 듣다가는 따분해 죽을 거예요. 과거는 지나갔고 이곳은 관광지가 되었어요. 저것 봐요. 모두가 즐거운 표정으로 사진을 찍고 있어요."

관광객들은 가이드의 설명에 고개를 끄덕이면서도 전망대에 서서 연신 카메라 셔터를 눌렀다. 뒤에서 일본인 관광객 무리가 사진을 찍으려고 순서를 기다렸다. 낙영 아빠와 해원 엄마는 무리에서 떨어져나와 걸었다. 해원과 낙영이 그들을 따랐다.

"역사가 과거에 멈춰 있다는 것은 어떤 면에서는 거짓입니다." 등 뒤에서 가이드의 목소리가 들려왔다. "역사는 현재와 상호작용하며 끊임없이 변하고 있습니다. 그런 면에서는 기억도 마찬가지입니다. 기억은 과거에 멈춰 있지 않고 현재와 더불어 계속 새롭게 변화합니다."

가이드의 목소리가 점점 더 멀어졌다. 그러나 다음 순간 가이드의 목소리가 아닌 듯했다. 그러자 과거의 기억에 현재가 덧입혀져 새로운 기억이 만들어졌다.

"그들의 목소리가 들리는구나. 네게도 들리니?" 낙영이 물었다.

해원은 주위를 살폈다. 낙영이 있다고 생각했는데 아무도 없었다.

해변이 가까워졌을 때 중년의 남자와 여자가 석양빛 속에 마주 서 있는 모습이 보였다. 해안가에 선 그들의 모습은 같은 동작을 반복적으로 재생하는 홀로그램 같은 인상을 줬는데, 해원이 아는 얼굴들이었다. 남자는 단추가 떨어진 야전상의를 입었고, 그의 목은 한껏 올린 깃에 감싸여 있었다. 상의 밑으로 빠져나온 낡은 셔츠가 군복 바지

윗부분을 덮었다. 해원은 바다를 배경으로 서 있는 그들 뒤에서 걸음을 멈췄다.

"다시 만났군요." 남자가 여자에게 말했다.

"나는 당신한테 받을 게 있지만 당신을 만나고 싶지는 않았어요. 하지만 나의 딸이 얼마 전 당신의 아들에 관해 묻더군요. 낙영이라는 이름을 들었을 때 나는 그게 누군지 기억하지 못했어요. 불필요한 기억은 지우는 게 좋으니까요. 깨끗하게 정리한 집에 앉아 있는 것만큼 편안한 일은 없지요. 안 그래요? 그런데 딸한테서 계속 전화가 와요. 그 아이의 죽음을 묻는 전화가요."

"그 아이는 실종된 거지 죽은 게 아니에요."

"10년이 지나도록 나타나지 않고 있잖아요."

"뭐라던가요, 그 아이는?"

"낙영이 왜 죽은 거냐고, 어떻게 죽은 거냐고 물어요. 그때 그 아이의 아빠는 어디에 있었냐고요. 엄마는 아이의 죽음을 어떻게 알게 되었냐고요. 기억나지 않는다고 해도 계속 전화를 걸어와 당시의 상황을 물어요. 그러면서 함께 사이판에 가자고 해요. 나를 괴롭히느라 일부러 그러는 걸까요?"

"당신의 딸이 망각 속에서 내 아들을 건져 올리고 있군요."

"우리를 또다시 고통 속에 가두려고 그러는 걸까요?"

"그 때문에 내 아이가 온다고 했어요. 지난밤 꿈에 사자가 와서 내게 말했어요."

"죽은 아이는 돌아오지 않아요. 살아 있는 내 딸이 우리를 그 아이 앞으로 데려다 놓으려는 거죠."

"그 아이가 오고 있어요."

"그때처럼 우리를 괴롭히겠죠. 난 무서워요."

여자가 주위를 살폈다. 키가 큰 종려나무 한 그루가 검은 그림자를 드리운 채 그들을 굽어보고 있었다.

"우리가 누워 있던 곳 기억해요?" 여자가 물었다.

"내 아이가 사라진 곳."

"오랜만에 같이 해변에 앉아볼까요?"

남자가 모래사장에 앉았다. 여자가 그 옆으로 가 남자의 얼굴에 제 얼굴을 들이밀고는 입을 맞췄다. 그들은 10년 전의 얼굴로 되돌아가 서로를 부둥켜안았다. 둘이 옷을 벗었다. 여자의 허벅지에 붙은 모래 알갱이가 루비 가루처럼 반짝거렸다. 빨갛게 달아오른 둘의 몸이 넘실대는 불꽃이 되어 서로를 탐하다가 이윽고 하나의 불덩어리로 불어나

활활 타올랐다. 남자가 신음을 내뱉으며 몸을 떨었다. 여자가 남자를 끌어안았다. 여자의 손길에 남자의 근육이 움찔거렸다. 그리고 다음 순간 둘은 입을 벌려 서로를 집어삼켰다. 뼈 마디마디가 벌어졌다가 좁아지며 서로의 몸이 서로의 입으로 미끄러져 들어갔다. 먹으면서 소화하는 뱀처럼, 사라지는 동시에 생겨나는 뱀처럼 둘은 하나로 뒤엉켜 몸을 뒤틀었다. 서로를 잡아먹는 하나의 둥근 고리, 우로보로스가 된 둘은 영사기 안에 박제된 듯 붉게 물든 해변에서 끝없이 같은 행위를 반복했다.

해원이 그 모습을 물끄러미 보고 있다가 여자에게 다가갔다.

"엄마, 그 아이가 어떻게 죽은 거죠?"

"누구?" 해원을 본 여자가 어리둥절해져서 되물었다.

"그 사람 아들이 죽지 않았어요?"

"누구?"

"낙영이."

"낙영이, 그게 누구인데?"

"엄마가 죽인 애."

"그게 무슨 말이니?" 여자는 낙영을 기억하지 못했다.

"이름도 잊은 거예요?"

"애가 오늘 왜 이래?"

"그 애가 그때 스물하나였나? 죽었다고 했잖아요."

"개가 진짜 죽었는지 내가 어떻게 알아? 그 사람 입에서 나온 말은 죄다 거짓말이었어."

"살아 있다는 거예요?"

"죽었다니까 죽은 줄 아는 거지. 거짓말인지 알 게 뭐야."

"거짓말을 그렇게 잘하는 사람인데도 나를 맡겨놓은 거예요?"

"내가 언제 그 사람한테 너를 맡겨놨다고 그래?"

"우리 둘을 유기했지. 그 섬은 우리한테 무덤이었어요."

"네가 가고 싶다고 한 거야."

"그래서 고등학생인 나를 자퇴시켜서 사이판으로 보낸 거예요? 만난 지 두 달 된 사람과 집에서 편하게 지내려고 그 작은 섬에 버린 거냐고요?"

"애가 계속 말이 안 되는 소리를 하네. 학교는 네가 그만둔 거지. 그때 선생님도 자퇴하지 말라고 했고, 나도 그랬는데."

"고등학생이 오늘부로 자퇴하겠다고 하면 선생님이 그

러라고 하나요?"

"사이판에 있는 널 다시 불러들인 게 난데……." 여자는 말을 돌렸다.

"그 아이가 죽었으니까요. 그 아이가 죽어서 그 아이 아빠를 만나는 게 더는 즐겁지 않았으니까요. 그 때문에 나는 떠난 지 석 달 만에 되돌아와야 했어요. 그 아이가 죽었다는 사실도 나중에 알았고요. 엄마 때문에, 그리고 걔 아빠 때문에 애가 죽었는데 어떻게 그 기억을 지워버릴 수있죠?"

"다 지난 일을 왜 자꾸 기억해?"

"기억해야 어떤 일이 일어났는지 알죠."

"지금까지 잘 지내다가 왜 갑자기?"

"그 아이를 잊고 지낸 게 오히려 이상한 일이에요."

"언젠가부터 너는 나를 불편하게 해."

"그날 무슨 일이 있던 거죠?"

"그 사람한테 받을 게 있어. 124만 8천 원을 받아야 해. 그때 너를 데리고 들어온다고 해서 내가 항공료를 보냈거든. 그런데도 그 사람은 표를 끊지 않았어. 결국 너를 일찍 데려오지 못했지. 그래서 그 아이가 그렇게 된 거란다."

"한 아이의 죽음을 돌려받지 못한 항공료로 기억하는군요. 124만 8천 원은 기억하면서 낙영의 이름은 기억하지 못한다는 건가요?"

"엄마도 개가 안됐다고 생각해. 하지만 지난 일이야."

"가해자가 피해자에게 할 소리는 아니죠." 해원이 소리쳤다.

"네가 잘못한 건 생각나지 않아?"

"어떤 잘못을 했죠?"

"개는 너를 사랑해서 죽었다."

해원이 입을 다물었다.

"우리한테 너를 좋아해도 되느냐고 물었어. 개는 복수하려고 그런 거야. 우리의 관계를 끊어놓으려고. 네가 상처받을까 봐 지금까지 말하지 못한 거야."

"그런데 지금은 말하네요."

"알고 싶다며? 안다는 건 그런 거다. 자기 자신뿐 아니라 모두한테 상처를 주는 거지. 모른 척 살아가는 데는 다 그만한 이유가 있는 거란다."

"그래서 그때 우리의 전화를 받지 않은 거예요?"

"괘씸했지." 여자가 미소 지었다. "우리의 사랑을 파탄 내려고 네가 걔를 이용했잖아? 내가 그 사실을 모를 줄 알았니? 그러니까 걔는 네가 죽인 거야. 그래서 그렇게나 빨리 걔를 기억에서 지운 거야. 네가 살기 위해, 편안하게 살기 위해 말이다. 너는 변한 게 없어. 그렇지 않다면 이제 와 기어코 그 일을 끄집어내는 이유가 뭐란 말이냐. 너는 동호를 보기 두려워 동호의 자리에 낙영을 교묘히 끼워 넣은 거야. 현재를 잊으려고. 너는 늘 그랬지. 예전부터 말이다."

여자의 목소리가 해원의 머릿속을 울렸다. 해원은 그날을 떠올렸다. 낙영을 본 마지막 날이었다.

해안도로에서 뒷골목으로 들어가면 포장되지 않은 좁은 도로가 나왔다. 그곳에 중고 자동차 사무실이 있었고, 널따란 마당 끝에 낙영이 사는 컨테이너가 있었다. 대각선 맞은편 건물에는 사장과 그의 가족이 살았다. 건물에서 가재 찌는 냄새가 풍겨 나왔다. 해원은 중고 자동차들이 늘어선 마당을 빠르게 지나 컨테이너 문을 열었다.

낙영은 불도 켜지 않은 채 작은 방 벽면에 구부정하게 기대앉아 서로의 꼬리를 문 두 마리의 도마뱀을 보고 있었다. 낙영이 하나로 엉킨 도마뱀을 각각의 몸에서 떼어내자

잘려 나온 꼬리가 바닥에 떨어져 요란하게 움직였다. 낙영이 해원을 힐끗 보고는 꼬리를 책갈피에 끼웠다. 꼬리에서 흘러나온 핏물이 책장에 스며들었다. 꼬리 잘린 도마뱀들은 유리병에 넣었다. 도마뱀들이 병에서 나오려고 기어오르다가 바닥으로 미끄러지고, 다시 위로 향하다가 아래로 곤두박질쳤다. 낙영은 제 주위를 기어가는 도마뱀 한 마리를 빠르게 낚아챘다. 도마뱀이 꼬리를 떼고 바닥을 기어 도망쳤다. 낙영은 떨어진 꼬리를 책장 사이에 넣고는 또다시 다림질했다. 해원은 방으로 들어갔다. 낙영은 해원을 보지도 않은 채 캔맥주 하나를 건넸다. 해원은 고개를 저었다.

"뭘 하는 거야?" 해원이 물었다.

"책갈피를 만들어."

"왜?"

"상처란 이런 거지."

"뭔 일 있어?" 평소와 다른 낙영의 태도에 해원이 물었다.

"사랑이란 이런 거고, 기억이란 이런 거지." 낙영의 목소리가 격앙되었다.

"왜 그래?"

낙영은 대답하지 않고 맥주를 마시다가 다시 캔맥주를 내밀었다.

"난 아직 미성년이야." 해원은 고개를 저었다.

낙영이 캔맥주를 도로 가져가며 피식 웃었다.

"아빠가 연락이 안 돼." 낙영이 말했다.

"엄마도 연락이 안 되던데." 해원이 말했다.

"벌써 한 달째야. 남은 돈 탈탈 털어 맥주 샀어."

"사장님께 빌려. 아빠 친구잖아."

"돈이 없대."

"사장님 집에서 가재 찌는 냄새가 나던데?"

"네 엄마도 연락이 안 된다며?"

"응. 2주 됐어."

"갇힌 거야……. 우리 둘 다…… 버려진 포로들처럼."

"엄마가 그럴 리 없어."

"버려진 주제에 아직도 네 엄마를 편드는 거니?"

"네 아빠는 어디 있는데?"

"네 엄마의 피를 빨고 있거나 내 엄마의 피를 빨고 있거나 살아서 누군가의 피를 빨고 있겠지. 네 엄마가 어딘가에서 그러고 있는 것처럼. 살아 있다는 건 그런 거니까."

"살아 있는데 왜 연락이 안 되지?" 해원이 분위기를 풀어보려고 농담했다.

"아버지한테 너를 사랑해도 되느냐고 물었어." 낙영이 말했다.

"그게 무슨 말이야?" 해원이 낙영을 봤다.

"아버지는 짐짓 심각한 체하다가 웃으며 마음대로 하렴, 하고 말했어. 그런 다음 연락이 끊겼지."

해원은 낙영의 말이 당혹스러웠다. 그래서 화를 냈다. 낙영이 고개 숙인 채 말했다.

"너는 항상 내가 하는 말에 화를 내지. 그들에게 들려주고 싶은 말을 그들에게 하지 못하니까 내게 퍼부어대. 나는 네가 하는 말을 모두 다 들어주고 싶었어. 네가 하고 싶은 말이 내가 하고 싶은 말이기도 하니까. 하지만 마음과는 달리 네가 한 말을 고스란히 네게 돌려주며 너를 상처 내고 있더라. 그리고 네 상처를 보며 나도 상처 입었지. 우리는 같이 버려졌지만, 버려진 사실도 모른 채 각자의 부모를 편드느라 매일 다투다시피 하잖아. 그러면서도 늘 곁에 있잖아. 그래서 말했어. 우리만 생각하고 싶어서. 그게 잘못됐니?"

"내 의견은 안중에 없구나." 해원이 말했다. "네가 내 엄마 돈을 탐낸다며?" 해원은 낙영의 심기를 건드리려고 그렇게 물었다.

"네가 그럴 때마다 나는 꼬리를 자르고 도망치고 싶은 심정이 되지. 내가 네 엄마 돈을 탐낸다고, 네 엄마가 그러니?"

해원은 유리병 안의 도마뱀을 봤다. 꼬리가 잘린 몸통에서 진물과 핏물이 흘러나와 병은 붉은빛으로 얼룩졌다.

"얘넨 왜 잡아 가둔 거야?" 해원이 물었다.

"그들의 사랑이 우리한테 상처를 주니까 똑같이 되갚아 주려고."

"그래서 꼬리를 뗀 거야?"

"내가 뗀 게 아니야. 얘네가 자른 거지."

"뭘 하려고?"

"복수할 거야." 낙영이 낮은 소리로 말했다.

"네가 뭘 할 수 있는데?"

"나를 부숴버릴 수는 있지."

"자해하려고?"

"우리한테도 그들의 피가 흐르니까." 낙영이 해원을 물끄러미 보다가 말을 이었다. "복수할 거야. 전부 다 부숴버리겠어."

낙영이 방을 나갔다. 해원이 유리병을 보다가 뒤늦게 따라 나갔는데 낙영은 이미 사라지고 없었다. 컨테이너 옆에 서 있는 커다란 불꽃나무가 바람에 흔들렸다. 해원은 그 자리에 그대로 서서 불꽃나무를 봤다. 흐드러지게 피어난 불꽃은 하늘로 번지는 불길 같았다. 바람에 꽃들이 뚝뚝 떨어져 바닥을 붉게 물들였다. 붉은 꽃송이 하나가 해원의 뺨에 닿고는 바닥으로 툭 떨어졌다.

선홍빛 둥근 태양이 수평선 아래로 사라지기 직전 한 줄기 붉은빛이 바다를 사선으로 갈랐다. 빛이 사그라들고 청동색 하늘이 무겁게 내려앉았다. 그 아래 검은 바다가 굼실거렸다. 일대는 어둠에 휩싸였다. 해원은 해안가를 걸었다. 낙영과 함께일 때처럼 맨발로 걸었다. 부드러운 물살이 밀려와 해원의 발을 적시고는 이내 밀려 나갔다. 해원은 밀려왔다가 밀려 나가는 파도에 맞춰 숨을 들이마시고 내쉬었다. 밀물과 썰물처럼 호흡하며 인력과 척력을, 그리고 우주를 느꼈다. 바다에 이는 물비늘이 밤하늘을 수

놓은 수많은 별처럼 보였다. 해원은 끝없이 펼쳐진 우주 한가운데 발을 딛고 서 있는 기분이 들었다.

그때 부드럽고 물렁물렁한 것이 해원의 발에 닿았다. 해원은 매가오리의 감촉을 떠올리며 아래를 내려다봤다. 시신이었다. 파도에 쓸려 온 시신이 해원의 발을 건드리고 있었다. 북마리아나제도에서 파도에 휩쓸린 낙영이 해류를 타고 대양을 떠돌다가 오랜 시간이 지나 마침내 해원 앞에 당도해 있었다.

해원은 머리를 숙이고 앉아 낙영의 감은 눈을 봤다. 기억을 더듬어 그 안에 잠긴 눈동자를 떠올렸다. 시신은 부패했어도 이마는 살아 있는 듯 보였다. 해원은 그의 이마에 손을 대었다. 그리고 눈을 감았다. 이마로 그의 시선이 느껴졌다. 그가 본 세상이 보였다. 북마리아나 제도가 해원의 눈앞에 펼쳐졌다. 해원은 낙영의 시선으로 그가 본 것을 봤다. 그러나 흐릿한 필름처럼 재생되던 장면은 해원이 알고 있는 지점에서 끊겨 있었다. 그다음은 공백이었다. 낙영의 마지막 날이 보이지 않았다. 해원은 새로운 기억을 덧붙여 공백을 채워 넣었다. 그러자 그와 함께였던 시간이 조금 더 아름답게 변하더니 기억 속에 바람길이 만들어졌다.

물결이 이는 소리에 해원이 시선을 돌렸다. 어둠 가운데서 배 한 척이 빠져나오고 있었다. 천천히 물살을 가르던 나룻배가 더욱 느려지더니 고요한 물결 위를 미끄러지듯 들어와 포구에 다다랐다. 키가 큰 사공이 뱃머리에 서서 이쪽을 응시하고 있었는데 어둠에 잠겨 얼굴이 보이지는 않았다. 배 밑바닥에 시신 여러 구가 곧은 자세로 누워 있었다. 사공이 배에서 내려 해원에게 다가왔다.

"누구지요. 당신은?" 해원이 물었다.

"사자입니다. 전언을 가지고 왔어요."

"전언이라고요?"

"그렇습니다. 당신의 기억 때문에 해저지형에 변화가 생겼어요. 그로 인해 해류에 교란이 생기고, 바람에까지 그 영향이 미치고 있어요. 멈추지 않으면 위험해집니다. 그 사실을 경고하러 왔어요."

"위험하다고요?"

"그를 당장 쓰레기 섬으로 보내야 합니다." 사자가 낙영을 봤다.

"죽음에서 돌아온 자를 다시 죽음으로 밀어 넣으라는

겁니까?" 해원이 물었다.

"돌려보내야 합니다. 그리고 더는 부르지 말아야 합니다."

"이 배는 어디서 온 거지요?"

"해류를 따라 바다를 순환하고 있지요."

"어쩌다가 이곳에 온 겁니까?"

"시신을 수습하러 왔습니다. 그는 십여 년간 어디에도 속하지 못한 채 바다를 유랑했지요. 누군가 불러주기를 기다리며 아득한 해양을 순환하던 중 자기를 부르는 어떤 목소리를 듣고 해류를 거슬러 이곳까지 헤엄쳐 온 거예요. 어둠 속에서 가느다랗게 이어지는 목소리를 따라 지친 몸을 움직여서 말이에요. 그러나 자기를 부르는 소리가 아니라는 걸 알게 된 거지요. 또다시 버려졌다는 사실을요. 그의 절망 때문에 나는 그를 찾을 수 있었답니다."

"그를 어디로 데려갑니까?"

"우리는 쓰레기 섬으로 갑니다."

"이들은 누굽니까?" 해원이 배 밑바닥에 쌓인 시신들을 가리켰다.

"죽은 자들입니다." 어둠이 사자의 얼굴에 그림자를 만들었다.

해원은 그들을 봤다. 죽은 자 중 하나가 기침했다. 누군가 기침을 하자 여기저기서 기침하는 소리가 들렸다. 전염병처럼 퍼져 나오는 기침 소리는 어느 순간 비명이 되어 쏟아지더니 곧이어 울음소리로 바뀌었다. 울음소리는 파도 소리로, 또 바람 소리로 변했다.

"비정하군요!" 낙영을 배에 싣는 사자를 향해 해원이 소리쳤다.

"그런가요?" 사자가 돌아서서 해원을 봤다.

"누구의 사자입니까?"

사자가 해원의 눈을 뚫어져라 봤다. 그러고는 빙긋이 웃었는데 그림자 안에 잠겨 있던 얼굴이 드러났다. 해원은 제 얼굴을 봤다. 검은 어둠을 보고 심연을 봤다. 그 안에 가라앉은 수많은 시신을 봤다. 기괴한 얼굴들은 모두 낯이 익었다. 낙영이었고, 낙영의 얼굴 뒤에 가려진 동호였다. 덜 상처받으려고 해원이 만든 겹겹의 얼굴들이었다. 그리고 해원이 숨겨놓은 일그러진 제 얼굴이었다.

수평선을 중심으로 하늘과 바다, 두 개의 검은빛이 펼쳐졌다. 나룻배가 천천히 움직였다. 배는 봉인이 풀린 유리병처럼, 그 자체로 묘지가 된 섬처럼 물살에 실려 바다로 흘러들었다. 해원이 죽인 수많은 낙영이 물굽이의 갈피가 되어 바다 가운데 껴 있었다. 거대한 파도가 해변으로 밀려왔다. 해원은 바다에서 들려오는 울음소리에 휩싸여 어둠으로 발을 내디뎠다. 그 모습을 멀리서 동호가 보고 있었는데 해원은 알지 못했다.

우리에게는 적당한 말이 없어

초판 1쇄 2025년 3월 28일

지은이 | 정선임, 김봄, 김의경, 최정나
펴낸이 | 송영석

주간 | 이혜진
편집장 | 박신애 **기획편집** | 최예은 · 이나연 · 조아혜
디자인 | 박윤정 · 유보람
마케팅 | 김유종 · 한승민
관리 | 송우석 · 전지연 · 채경민

펴낸곳 | (株)해냄출판사
등록번호 | 제10-229호
등록일자 | 1988년 5월 11일(설립일자 | 1983년 6월 24일)

04042 서울시 마포구 잔다리로 30 해냄빌딩 5 · 6층
대표전화 | 326-1600 **팩스** | 326-1624
홈페이지 | www.hainaim.com

ISBN 979-11-6714-109-5

파본은 본사나 구입하신 서점에서 교환하여 드립니다.